Kristina Roy

EIN SONNENKIND

Kristina Roy

Ein Sonnenkind

FRANCKE
Verlag der Francke-Buchhandlung GmbH

Über die Autorin:
Kristina Roy wurde 1860 in Stará Turá (Slowakei) geboren, wo sie 1937 auch starb. Sie blieb unverheiratet und hat sich zeitlebens in der Blaukreuzarbeit und im Aufbau lebendiger Bekenntnisgemeinden engagiert. Durch ihre heimatverbundenen Bücher, die eine klare christliche Botschaft auszeichnet, ist sie eine beliebte Volksschriftstellerin geworden.

Bibliografische Information Der Deutschen Bibliothek
Die Deutsche Bibliothek verzeichnet diese Publikation in der Deutschen Nationalbibliografie; detaillierte bibliografische Daten sind im Internet über http://dnb.ddb.de abrufbar.

ISBN 3-86122-769-X

35037 Marburg an der Lahn
Umschlaggestaltung: Henri Oetjen, Design Studio Lemgo
Satz: Verlag der Francke-Buchhandlung GmbH
Druck: Koninklijke Wöhrmann, Niederlande

www.francke-buch.de

Vorwort

Es war mir eine große Freude, vorliegendes Büchlein dem deutschen Leserkreis zugänglich machen zu dürfen. Aber in diese Freude mischt sich ein Gefühl der Wehmut – denn wie mir die teure Verfasserin heute schreibt, soll dies Büchlein der letzte Gruß an ihre zahlreichen deutschen Freunde sein, da ihr hohes Alter und ihr immer schwächer werdendes Augenlicht ihr kaum mehr erlauben werden, noch weitere Bücher zu schreiben.

Umso mehr ist es zu begrüßen, dass diese Erzählung so sonnig ist.

Besonders jungen Lehrern und Lehrerinnen, die Religionsunterricht zu erteilen haben, möchte ich sie warm empfehlen. Denn wenn unsere Verhältnisse, namentlich in den Großstädten, auch wesentlich andere sind als die hier geschilderten, so kann es doch Lust und Mut machen, Sonnenstrahlen in die Schulzimmer hineinzutragen, nachdem wir uns erst selbst in unserem ganzen Wesen von der ewigen Gnadensonne durchstrahlen ließen.

Darauf kommt es der verehrten Verfasserin freilich in erster Linie an. Auch ihr gilt das Liederwort:

Meine Freude bis zum Sterben:
Seelen für das Lamm zu werben.

Dass sie ihre Gestalten so lichtvoll und frei von allerlei dunklen Strahlen zeichnet, die in der rauen Wirklichkeit leider auch Gotteskindern anhaften, mag ihr von der strengen Kritik wohl mitunter zum Vorwurf gemacht werden. Sie selbst sagte mir darüber: „Ich möchte die Menschen so schildern, wie sie alle – auch du und ich – sein können, wenn sie die Wahrheit mit dem Apostel Paulus von sich bekennen dürfen: ‚Ich lebe – aber nicht ich, sondern Christus lebt in mir.'"

Dass von solchen geheiligten Persönlichkeiten auch Ströme lebendigen Wassers ausgehen, dass sie Lichtträger für eine finstere, in Sünden dahinsterbende Welt sein sollen, ist eine Verheißung des Heilands selbst, die wir viel mehr für uns in Anspruch nehmen sollten.

Freilich geht es in der Wirklichkeit nicht immer ganz so zu wie in den Erzählungen. Auch auf die Bekehrung unserer Liebsten und Nächsten müssen wir oft länger warten. Aber da sollen und können solche Erzählungen uns ein Ansporn sein, im Glauben und im Gebet auszuharren und nicht müde zu werden.

Zum Schluss darf nicht übersehen werden, dass der Volkscharakter der Slawen ein anderer ist als der der Germanen und dass manches, was uns fremdartig erscheint, dort natürlich und ursprünglich wirkt.

Möchte denn das Büchlein auch im deutschen

Gewand ein Hinweis auf die große Zentralsonne Jesus Christus sein und junge und alte Menschenkinder anlocken, gleichfalls Sonnenkinder und Lichtträger zu werden!

Lichtträger

Willst in dunklen, trüben Tagen
andern du ein Segen sein?
Willst du Licht und Freude tragen
in die Dunkelheit hinein?
O so lass dich fest verbinden
mit dem Urquell allen Lichts,
deine Leucht' an ihm entzünden!
In dir selber bist du nichts.
Jesus ist des Lichtes Quelle,
Jesus ist das Licht der Welt.
Auch die finstre Nacht wird helle,
wenn ein Lichtstrahl sie erhellt.
Lass dein Wesen ganz durchdringen
von der Gnadensonne Schein,
dann darfst anderen du bringen
Licht in ihre Nacht hinein.

Malenowitz, im August 1932
Die Übersetzerin

1

Ich sitze über dem Rundbrief meiner lieben Kollegen und Kolleginnen und denke darüber nach.

Wie haben doch manche von ihnen so elende Buden bekommen und ich, der Armseligste unter ihnen, habe solch ein liebes, hübsches Plätzchen. Es ist zwar auch nur die Schule in einem Weiler, und ich bin nur provisorisch als Vertreter meines Kollegen Zlamal angestellt, den das Militär für 18 Monate in seine liebevollen Arme genommen hat. Dennoch bin ich sehr froh, dass ich in diese hübsche, neue Schule gekommen bin. Sie hat allerdings nur ein Schulzimmer und einen Wohnraum, den ich beziehen durfte, aber das ganze Haus gleicht einem niedlichen Käfig, die Aussicht aus dem Fenster ist reizend, die Luft vorzüglich. Mein Kollege hat sich das Zimmer bereits eingerichtet und mich gebeten, auf die Einrichtung zu achten. Er hofft, dass sie weniger Schaden leiden wird, wenn ich sie benütze, als wenn er sie in einem Bauernhause einstellen würde. Dass ich ihm diesen bescheidenen Wunsch gern erfülle, versteht sich wohl von selbst. So sitze ich denn sorglos im Trockenen. Mit Recht haben sie daheim immer gesagt: „Stefko ist eine Katze; er mag noch so tief springen, er fällt immer auf alle vier Pfötchen."

An der Einrichtung des Zimmers erkennt man

Kollege Zlamal, besonders der große Spiegel über dem hübschen Waschtisch verrät, dass er sich selbst gern sieht. Als ich mich darin betrachtete, musste ich lachen. Alle meine dichten Kraushaare standen zu Berge. Ach, was für dummes Zeug schreibe ich da wieder. Wäre der Winter nicht vor der Tür, ich ließe sie mir abschneiden. Aber selbst der große Diplomat seligen Angedenkens, Graf Andrassh, hatte einen Lockenkopf, doch der war nach den Bildern stets frisiert, mit einem Scheitel in der Mitte. Wenn ich mich auch so frisieren würde, sähe ich vielleicht doch nicht gar so kindlich aus. Denn hier nennen mich die Leute „Herr Lehrer", und wenn ich morgens in die Schule komme, stehen die Kinder auf und rufen mit ihren dünnen Stimmchen im Chor: „Grüß Gott, Herr Lehrer!"

„Wann wirst du nur zu Verstand kommen, Junge?" hat meine Großmutter so oft geseufzt. Auf diese Frage weiß ich wahrlich keine Antwort. Ich dachte in jener ernsten Stunde, der erntesten meines Lebens, als mir die Gnade widerfuhr, dass mein Gott alles vergab, was bisher meine Seele bedrückt und was ich mit meinem Galgenhumor zu verbergen gesucht hatte, dass ich nun ein ernsterer junger Mann werden würde, wie es sich ja für einen Christen geziemt, aber ich kann nicht, ach, ich kann nicht dafür. Ich bin so jung, erst neunzehn Jahre alt, und mein Herz ist so voll Freude, denn es bedrückt mich nichts mehr.

Den Fenstern gegenüber, etwas tiefer im Tal, liegt die alte Schule. Diese hat zwei Schulzimmer und eine Wohnung für den Lehrer. Sie ist ein ehrwürdiges altes Gebäude; man sieht ihr schon von außen an, dass drinnen Schimmel und Modergeruch herrschen muss. Ich war am Nachmittag ein wenig besorgt, welchen Eindruck mein Kollege Bavra auf mich und ich auf ihn machen würde, denn er als Leiter kann mir das Leben hier wohl versalzen. Als ich eintrat, erhob sich ein untersetzter Herr von etwa 25 Jahren vom Sofa. Er ist eine stattliche Persönlichkeit, nur etwas mehr Lebhaftigkeit könnte ihm nicht schaden.

„Du hast wohl immer Zeit genug", dachte ich, als ich sah, wie behäbig er aufstand und wie langsam er sprach. Nun, wer weiß, was er von mir denken mochte. Wir sagten uns das Notwendigste, bis seine Frau uns unterbrach. Wenn zwei Menschen aneinander gebunden sind, ist es sicher gut, wenn der eine viel, der andere wenig Quecksilber in sich hat, denn das erhält das Gleichgewicht. Wenn wir beide miteinander verbunden wären, dies schlanke, kraushaarige, dunkeläugige Dämchen und ich, dann würden wir am Ende in einem Augenblick des Kampfes beide zum Schornstein hinausfliegen. Bei diesen beiden wird das nicht passieren, denn wenn sie in ihrem Eifer hochgehen wollte, wird er sicherlich nicht mitfliegen. Aber genug dieser Betrachtungen. Um meiner eigenen Ruhe willen will ich nicht allzu häufig zu Bavras gehen. Denn ich habe in dieser halben Stunde, die ich dort verbrachte, mit der Frau Lehrer so viel leeres Stroh gedroschen, dass ich selbst ganz leer fortging. Am meisten quälte mich mein Gewissen, dass ich als Christ sicherlich einen schlechten Eindruck dort hinterlassen hatte. Wie gut, dass mir Frau Bavra meine Bitte betreffs Verköstigung rundweg abgeschlagen hatte! „Wissen Sie, Herr Lehrer, für meinen Mann koche ich gern, weil ich eben muss, denn er ist so galant, alles zu essen, was ich ihm vorsetze. Ob es Ihnen immer schmecken würde, weiß ich nicht. Ihr Vorgänger hat sich bei unserer früheren Nachbarin, Tante Dubovska verköstigt, setzen Sie sich mit ihr ins Einvernehmen!"

Ich dankte der Dame für ihren guten Rat und besprach dann noch das Nötigste mit ihrem Herrn Gemahl. Er teilte mir nämlich mit, dass ich die drei untersten Klassen bekäme, ihm stünden die drei Oberklassen zu. Er habe zwar zwei Lehrzimmer, aber in beiden könne er nicht unterrichten, da er allein sei, die dritte Hilfskraft, die er schon zweimal erbeten hatte, würde er in diesem Jahr schwerlich bekommen. Dann ging ich meiner Wege.

Da Kollege Zlamal den ganzen September unterrichtet hatte, war alles so weit eingerichtet, dass ich nur fortzufahren brauchte. Ich eilte, Tante Dubovska aufzusuchen. Ihr stattlicher Bauernhof lag wie das alte Schulhaus an der Dorfstraße. Als ich den Hügel hinaufeilte, befand ich mich nicht gerade in bester Stimmung. Indessen bat ich den Herrn um Vergebung, dass ich dort in der Schule nicht besser über mein Temperament gesiegt hatte. Bald stand ich vor einem dichten Zaun, der Hof und Garten umgab. Ach, wie schön war es hier! Ein malerisches Bild lag vor mir. Häuser und Hütten mit Gärten erstreckten sich vom Hügel bis ins Tal hinab. Laubwald und Nadelwald umgab sie von Osten. Sonnenstrahlen beleuchteten das liebliche Bild. Wie ich all die Schönheit um mich her betrachtete, überkam mich plötzlich ein Gefühl der Bangigkeit. Was würde ich hier ganz allein ausrichten? Würde ich bestehen können?

Ein freundlicher Gruß riss mich aus meinen Grübeleien. Tante Dubovska begrüßte mich an der Schwelle ihres Hofes. Ein Weilchen später saß ich in ihrer hübschen Stube und trug ihr mein Anliegen vor. Sie hörte mich lächelnd an, als ich ihr versicherte, dass mir nicht viel an Fleischkost gelegen sei. „Das ist gut“, sprach sie, mit dem Kopfe nikkend, „ich habe mir in Amerika durch allzu viel Fleischnahrung so den Magen verdorben, dass ich mich daheim wirklich mehrere Jahre auskurieren musste.“

„Sie waren in Amerika?“, fragte ich verwundert.

„Sie werden in unserem Weiler nicht viele Häuser finden, wo nicht eine oder mehrere Personen jenseits des Meeres waren. Manche von denen, die vor 30 Jahren mit mir gingen, sind drüben gestorben. Ich wäre vielleicht heute noch dort, wenn ich nicht krank geworden wäre. Als dann mein Mann starb, die Töchter sich verheirateten und die Söhne auch versorgt waren und von daheim die Nachricht kam, dass nach dem Tode meiner Mutter niemand da war, um den Vater zu pflegen, da kam ich zurück, und Vater und mir war geholfen."

Ich sah mir die Frau an. Sie mochte etwa 50 Jahre zählen, aber die schmucke slowakische Volkstracht, die breite Spitze, die ihre weiße Haube umgab, das blaue Mieder mit den Silberknöpfen ließen sie viel jünger erscheinen. „In Amerika haben Sie wohl nicht Ihre Tracht getragen?", fragte ich nachdenklich.

„Das geht dort nicht", sprach sie kopfschüttelnd. „Andere Länder, andere Sitten. Aber als ich nach meiner Heimkehr meine und Mutters Truhe öffnete und die mir von Kind auf so liebe Tracht wieder sah, da zog ich sie noch am selben Tage an, und da erst fühlte ich, dass die Fremde hinter mir lag, dass ich daheim war. Auch Vater und alle Nachbarn freuten sich, als sie mich darin erblickten. Wir gehörten wieder zueinander. Zuvor hatten sie nicht recht gewußt, ob sie zu mir ‚Frau' und ‚Sie' sagen, wie sie mich anreden sollten. Nun war ich für die Älteren wieder Judka Dubovska und für die Jüngeren die ‚Tante'."

„Haben Sie vielleicht unangenehme Erinnerungen an Amerika?“

„Keineswegs. Manches ist drüben besser als bei uns; der Mensch findet leichter Arbeit, und wenn er spart, hat er etwas. Auch das ist gut, dass keiner dumm bleiben muss.

Man kann viel lernen. Daheim bin ich wenig zur Schule gegangen; was ich weiß, habe ich mir nur aus Amerika mitgebracht. Mein Mann und ich, wir hatten uns lieb und haben gute und böse Tage miteinander getragen. Auch über meine Kinder kann ich nicht klagen. Ich freue mich über ihre Briefe. Hier habe ich seit dem Tode meines Vaters niemanden. So manches Gute, was ich drüben hatte, fehlt mir hier – und doch bin ich daheim. Meine Kinder, die drüben geboren sind und das Bürgerrecht erworben haben, sind dort daheim. Ich war trotz allem immer eine Fremde. Zwar kann ich nicht sagen, dass mir jemand darum nur ein böses Wort gegeben hätte, ach nein. Auch das ist eine gute Sache, dass ein arbeitender Mensch drüben mehr gilt als hier und dass eine anständige Frau drüben mehr geachtet wird als hier. Aber trotz all dem Schönen und Guten fühlte ich dennoch, dass es die Fremde war, und obwohl ich hier niemanden habe, bin ich doch daheim, unter den Meinen. Doch, was mache ich?“, sprach die Frau, sich besinnend. „Ich schwatze, anstatt für den Herrn Lehrer zu sorgen. Nicht wahr, Sie sind hungrig?“

„Nicht sehr."

„Aber doch. Wollen Sie noch Ihr Vesperbrot oder schon Abendbrot?"

„Was geben Sie mir Gutes zum Abendbrot?"

„Ich habe Brot gebacken und Krapfen mit Pflaumen. Mögen Sie die?"

„Krapfen?", jubelte ich. „Die habe ich schon lange nicht mehr gegessen. Bei meiner Großmutter waren sie immer vorzüglich, da warte ich gern auf das Abendbrot. Inzwischen sehe ich mir, wenn Sie erlauben, Ihren Hof ein wenig an."

„Welch eine kluge Frau ist das", dachte ich, während ich im Garten stand und ins Tal hinabblickte. Jedes ihrer Worte ist gut und verständig, und was für gesunde Ansichten sie hat! Jenseits des Meeres so manches Gute und doch die Fremde, hier Einsamkeit und doch die Heimat unter den Ihrigen. Noch nie habe ich darüber nachgesonnen. Dort die Möglichkeit, sich die fürs Leben notwendigen Kenntnisse zu erwerben, Wertschätzung des arbeitenden Menschen und bei uns? Geradezu eine Scheu vor körperlicher Arbeit! Neue Kastenunterschiede zwischen Handarbeitern und geistigen Arbeitern! Wie weit sind wir doch hinter der amerikanischen Republik zurück! Man sagt ja, dass die aus der Bibel geschöpften Gesetze und Regeln Amerika zum Land der Freiheit und Gleichheit gemacht haben. Treue Kinder Gottes, für die in Europa kein Raum war, haben vor Jahrhunderten jenen festen

Grund gelegt, und der Segen Gottes, der durch sie über dies Land kam, ruht auch heute noch darauf. Aber wird er nicht auch auf mir ruhen, wenn ich nur treu bin? Und durch mich auch auf diesem Stückchen meiner schönen slowakischen Heimat, wohin mich mein Gott gestellt hat?

2

Der erste Monat, den ich als Lehrer verlebt habe, liegt hinter mir. Bis auf einige Regentage war das Wetter so schön wie im Mai. Aber nicht nur der Morgen bei Sonnenschein ist schön, auch der Abend, wenn die Sonne hinter den Bergen untergeht, hat seine Reize.

Erst ging es freilich ein wenig bunt her, bevor meine kleinen Unholde sich an mich gewöhnten. Aber nachdem wir uns miteinander befreundet haben, hoffe ich, dass es etwas besser gehen wird. Es war ein kleines Lumpengesindel, als ich zum ersten Mal das Schulzimmer betrat, barfuß, zerlumpt, schmutzig. Manchen merkte man es an, dass sie am Tag zuvor in den Brombeeren gewesen waren. Bei anderen verrieten die Hände und die braunen Mundwinkel, dass sie seit Wochen die Nussbäume plünderten. Die dritten waren wohl vor der Schule daheim im Strohschober gewesen. Soviele zerzauste Köpfchen da waren, so viel Augenpaare waren neugierig auf mich gerichtet. Wer wird sich wundern, wenn ich die Wahrheit schreibe, dass ich zu lachen anfing? Diese Überraschung! Das Staunen der Kinder war unbeschreiblich. Es war, als hätte die Sonne all die kleinen Gesichter geküsst: gedämpftes Kichern, dann ein lautes, herzliches Lachen war das Echo auf mein Lachen. So stellten wir uns gegenseitig vor. Dann klatschte ich in die Hände, rief: „Eins, zwei, drei, Schluß!“, und es war vorbei. „Gerne möchte ich jedem von euch zum Willkommen die Hand geben“, sagte ich, besorgt meine Handflächen anblickend. „Aber seht, ich kann nicht, denn ich habe so saubere Hände und die eurigen sind so schmutzig. Wenn ihr am Nachmittag wiederkommt, gebe ich jedem, der sich gewaschen hat, die Hand. Jetzt wollen wir beten, dass der liebe Gott uns helfen möge, euch, dass ihr gut lernt, mir, dass ich euch viel lehren kann, und dass wir uns lieb haben.“

Nach dem Gebet fragte ich die Kinder, ob sie so säßen, wie Herr Lehrer Zlamal angeordnet hatte. Als sie bejahten, ließ ich alles beim Alten, und erst am Nachmittag begann der eigentliche Unterricht und dann unsere gegenseitige Qual. Die Kinder kamen wirklich gewaschen an, bei einigen merkte man allerdings, dass sie weder das Wasser noch den Schmutz erzürnen wollten. Als wir in der Freistunde vors Schulhaus hinausgingen, um ein wenig auf dem Rasen zu spielen, vernahm man im Tal ein Pfeifen.

„Der Lumpensammler!“, riefen die Kinder vergnügt, und am liebsten wäre alles hingelaufen, als er vor Tante Dubovskas Haus hielt.

„Wir können ihn rufen“, beruhigte ich sie, „nur weiß ich nicht“, fügte ich hinzu, während ein paar Jungen der dritten Klasse den Mann holten, „ob ihr ihm eure Lumpen verkaufen wollt und ob er nicht mit den Lumpen auch das mitnimmt, was drinsteckt?"

„Mich kriegt er nicht", meldete sich ein Kleiner aus der untersten Klasse.

„Mich auch nicht, mich auch nicht", hieß es ringsum.

„Da kommt er schon, was wollen wir ihm also verkaufen?"

Die Kinder standen bestürzt da und blickten ängstlich auf den sich nähernden Karren. Als er hielt, traten wir näher, und zur Verwunderung der Mädchen kaufte ich vier Stück Seife, mehrere Kämme, dann Fingerhüte, Nadeln sowie schwarzen, weißen und grauen Zwirn samt Knöpfen. Ich zahlte und gab dem erfreuten Mann noch etwas zum Lesen mit. Bevor wir die erworbenen Schätze ins Schulhaus trugen, begleiteten die Kinder den Lumpensammler bis zum nächsten Haus. Erst am Schluss des Unterrichts erfuhren sie, wozu ich diese Sachen gekauft hatte.

„Morgen ist Handarbeitsunterricht, da lernen wir flicken und Knöpfe annähen."

„Das wollen Sie uns beibringen, Herr Lehrer?"

„Natürlich."

„Wer hat es Sie gelehrt?"

„Meine Mutter. Ich durfte niemals mit abgerissenen Knöpfen gehen. Ich war ein kleiner Dreikäsehoch, als ich das lernen musste."

„Aber das machen doch nur Mädchen und Frauen“, meldeten sich einige größere Jungen.

„Wem von euch ein Mädchen einen Knopf abreißt, dem muss sie ihn auch wieder annähen.“ Bis zum Abend gab es ein großes Gerede in Dubova, dass der neue Lehrer den Kindern die Lumpen flikken und sie lehren wolle, wie man Knöpfe annäht.

Manche Frauen waren sehr böse darüber.

„Es geschieht euch ganz recht“, sagte der Richter zu seiner Frau. „Habe ich dir nicht oft genug gesagt, warum du die Kinder herumlaufen lässt wie die türkischen Fahnen? Der wird's euch schon zeigen, bald wird man in allen benachbarten Weilern davon reden, dass die Frauen von Dubova nicht mal einen Flicken aufsetzen können.“

„Ach was, da kommt solch ein Irrwisch dahergelaufen und will seinen Spott mit uns treiben! Er soll die Kinder lieber lesen lehren.“

„Aber so ärgert euch doch nicht, Nachbarin“, lächelte die Müllerin Krisch. „Wenn er meinen Kindern wirklich beibringt, Knöpfe anzunähen, dann bringe ich ihm meine fetteste Ente. Denn es ist ja schrecklich, was die zerreißen, und Knöpfe annähen war mir von jeher ein Greuel.“

Nun, in die neue Handarbeitsstunde kam nicht die Hälfte mehr zerlumpt, aber Knöpfe annähen haben wir trotzdem gelernt, und den Kindern machte es Spaß, weil sie dafür gelobt wurden. Die Ente von der Müllerin habe ich wirklich bekommen. Die anderen Frauen blickten noch lange scheel. Dafür grüßten mich die Männer lächelnd schon von weitem. Obwohl die Kinder bis auf einige traurige Ausnahmen nun alle sauber gekleidet, gewaschen und gekämmt zur Schule kamen, tat mir die Unfreundlichkeit der Frauen leid. Tante Dubovska half mir, sie zu versöhnen. Sie ist mit dem halben Dorf verschwägert. Zum Pflaumenmuskochen rief sie etwa sechs der jüngeren Frauen zu Hilfe. Einige kamen auch von selbst. Die einen entkernten die Pflaumen, andere rührten das Mus, alle unterhielten sich gut dabei. Ich kam wie gewöhnlich zum Vesperbrot, und bei dieser Gelegenheit rief mich die Tante herein. Kaum hatten wir uns begrüßt, da redeten mir die Frauen ins Gewissen, warum ich sie so dem Gespött preisgegeben hätte. Ein armer Mensch könne seinen Kindern nicht immer neue Kleider kaufen, und vor dem Winter hätten die Bäuerinnen keine Zeit zum Flicken, alles habe seine Zeit usw. Ich hörte mir die ganze Litanei schweigend an. Erst als ich fühlte, dass nun die Reihe an mir sei, stellte ich mich mitten in der Küche auf und sprach:

„Was ihr mir da erzählt habt, ist mir nichts Neues. Meine Großeltern sind auch Bauersleute. Ich weiß, dass es in Bauernhäusern so zugeht, wie ihr sagt. Ich weiß aber auch, dass es nicht so zu sein braucht, wenn es alle so machen würden, wie meine Mutter uns erzogen hat. Seht, wenn ihr hier so fleißig arbeitet, ist es eine Freude, euch zuzusehen. Die Arbeit, die ihr hier tut, ist nicht gerade die sauberste, aber ihr habt euch Schürzen vorgebunden und könnt euch nachher in eurer hübschen, praktischen Tracht überall zeigen, ihr seht immer wie slowakische Damen aus. Keine von euch möchte, davon bin ich fest überzeugt, dass ihr von der Schürze Fetzen herabhingen, nicht wahr?"

Sie blickten mich überrascht an. „Ei, das versteht sich, so hat uns noch kein Mensch gesehen."

„Das dürft ihr nicht sagen. Einer hat euch so gesehen."

„Wann? Wo?"

„Als sich mir eure Kinder zum ersten Mal zeigten – denn es sind doch eure eigenen Kinder, ein Stück eures Lebens –, da habe ich die Mütter in diesen Kindern gesehen, zerzaust, zerlumpt, da wart ihr wahrlich keine slowakischen Damen. Da ich aber die ländlichen Verhältnisse kenne, habe ich mich nicht gewundert; es ist mir auch nicht eingefallen, euch zu verspotten. Ich wollte gerade euch Frauen helfen. Meine Mutter war ein Jahr Lehrerin, bevor sie heiratete. Mein Vater hat studiert und ist Gutsbesitzer, ich bin daher in guten Verhältnissen aufgewachsen, und doch musste ich lernen, jedes kleine Loch zuzunähen und Knöpfe anzunähen. ‚Du weißt nicht, wie dir's noch einmal ergehen kann', sagte man mir; ‚alte, aber saubere und geflickte Kleider zu tragen, ist keine Schande, aber schmutzige und zerrissene sind eine Schmach.' Nehmt es mir nicht übel, wenn ich eure Kinder lehren will, sich selbst zu helfen. Fasst das nicht als Beleidigung auf! Ihr sollt zwar auch dafür sorgen, dass sie sauber und ordentlich gekleidet sind, denn das verträgt sich nicht, dass so hübsche Frauen und Mütter solch eine schmutzige, unordentliche Umgebung um sich dulden. Und noch etwas will ich euch sagen: Wenn ihr mit den Kindern in die Kirche geht, dann putzt ihr sie. In die Schule lasst ihr sie laufen, wenn sie eben vorher auf der Straße Lehmkuchen gemacht haben. Die Schule ist der Ort, wo sie gelehrt werden, wie sie auf Erden zu ihrem Wohl, dem Nächsten zum Nutzen, den Eltern zur Freude, Gott zur Ehre leben sollen. Wenn ich mein junges Leben in den Dienst Gottes gestellt habe, um eure Kinder zum Guten zu erziehen – wer sollte mir dabei mehr behilflich sein als die Mütter!"

„Verzeihen Sie uns, Herr Lehrer", sprach nach einem Weilchen jene Frau, die mich „Irrwisch" genannt hatte, „wir haben das nicht gewußt. Wenn wir nur alle auch solche Mütter gehabt hätten, wie die Ihrige war!"

„Da ist wirklich nichts mehr zu machen", meinte Tante Dubovska, „aber eure Kinder sollen einmal nicht dieselbe Entschuldigung vorbringen, wenn sie erwachsen sind. Darum lasst euch das gesagt sein!"

Länger konnte ich nicht verweilen, da mir Zlamal den Besuch seines Kollegen angekündigt hatte. Aber seit jener Zeit weichen mir die Frauen nicht mehr aus, auch schimpften sie nicht mehr über mich. Die Kinder kommen nicht mehr wie türkische Fahnen zur Schule, sondern so schmuck wie aus dem Schächtelchen. Das ist vor allem deshalb gut, weil wir jede Stunde, soweit es möglich ist, im Freien verbringen. Jede Turnstunde benutzen wir zu weiten Spaziergängen. Die Mütter haben selbst ihre Freude daran, wenn die Kinder so schön mit mir ausmarschieren. Jedes hat ein Täschchen mit einem Stück Brot zur Seite, und wenn wir heimkehren, haben die Jungen allerlei Steine, Moose, Schnecken darin. Die Mädchen haben Hagebutten in den Taschen. Tante Dubovska hat versprochen, uns daraus Marmelade zu kochen. Wir wollen einmal ein Festmahl veranstalten. Dabei lernen wir Gottes Schöpfung kennen und lieben. Derjenige, welcher wirklich die Geschöpfe Gottes liebt, muss auch den Schöpfer lieben. O mein Herr, wie gut hast du die Kinder gekannt, wie leicht ist es, vor ihnen von dir zu reden. Sie glauben so leicht an deine unsichtbare Gegenwart.

Warum bin ich nur noch so feige, vor Erwachsenen von dir zu zeugen? Und wenn ich mich auch bemühe, ein Zeugnis von dir abzulegen, so gelingt es mir niemals recht. Schade, dass meine Geige erst in der letzten Woche des Oktobers angelangt ist.

Ich werde sie wohl nicht mehr viel benützen können, falls der November feucht und kalt sein sollte.

3

Im Laufe dieser letzten Wochen hatte ich drei Besuche. Zuerst kam Kollege B. mit einem Briefchen, in dem Zlamal mich ersucht, seinem Freund Bücher aus seinem Koffer zu leihen, die dieser selber auswählen würde. Da Tante Dubovska gerade eine wichtige Arbeit vorhatte, schickte sie mir das Essen in meine Wohnung.

Wie gewöhnlich betete ich vor dem Essen, mein Gast aber nicht. Als er bemerkte, dass ich auch nach dem Essen betete, rief er spöttisch aus: „Sie beten wohl gar noch wie unsere Schulkinder?"

„Und Sie beten nicht?", gab ich zurück, meine heftige Erregung, die sein Spott hervorgerufen hatte, mühsam bezwingend. „Seit wann sind Sie so erhaben über Gott?"

„Auf diese Märchen haben wir niemals etwas gegeben. Dafür sind Sie wohl von Haus aus sehr fromm und wohl immer mit dem Rosenkranz zur Seite herumgegangen?"

„Das ist bei uns Evangelischen nicht Sitte. Sie sind wohl katholisch?"

„Ich bin konfessionslos wie mein Vater."

„So? Da wundere ich mich freilich nicht mehr. Denn wenn man über sich und in sich nichts anderes als Luft hat, zu wem soll man da beten?"

„Was haben denn Sie über sich?"

„Gott, der mein Vater ist. Wenn dieser Vater mir ein Abendbrot gibt, dann gebietet mir als intelligentem Menschen die einfachste Pflicht des Anstands, ihm dafür zu danken. Haben Sie jene Geschichte von dem Bauern gelesen, den auch ein Herr verspottete, weil er betete?"

„Nein", brummte er.

„Dieser Herr spöttelte unter anderem: ‚Bei euch betetet wohl alles?' ‚O nein, mein Herr', entgegnete der Bauer, ‚im Hof habe ich ein paar Kostgänger, die niemals danken; wenn ich ihnen in den Trog schütte, sind sie gleich mit allen Vieren und dem Rüffel darin.'"

Diese Geschichte ärgerte den Herrn Kollegen so, dass er nicht bei mir übernachten wollte. Er ging zu Bavras, und dort nannte er mich einen Grobian. Das kostete mich eine schlaflose Nacht. Vielleicht war mein Zeugnis nicht weise. „Ach, Herr, lehre mich Geduld!"

Bei dieser Gelegenheit muss ich erwähnen, dass wir bei Tante Dubovska immer nach dem Mittagessen das Wort Gottes nach dem Losungsbüchlein lesen. Als sie sah, dass ich leise für mich las, bat sie mich nämlich, doch laut zu lesen, weil es ihr auch Freude machen würde.

Im benachbarten Skalnik unterrichtet mein Kollege Krivosch, der mit mir das Examen gemacht hat. Der war der zweite, der mich besuchte. Wir waren kürzlich auf dem Heimweg von der Kirche zusammengetroffen. Unsere beiden Weiler sind rein evangelisch und gehören zur Pfarre von M. Krivosch beneidete mich ein wenig um mein hübsches Zimmer und um die gute Verpflegung bei der Tante, auch darum, dass ich mit meinem Leiter so gut auskomme. Er liege sich mit dem seinigen beständig in den Haaren.

Auch ihm war unser Lesen nach dem Essen etwas ungewohnt, aber er nahm es als Nachtisch nach dem guten Mittagessen freundlich auf. Nur wunderte er sich darüber, dass ich in meiner Bibel so viele Stellen unterstrichen und so viele Bemerkungen an den Rändern der Seiten habe. Als ich ihn durch den Wald heimbegleitete, setzten wir uns auf einer sonnenbeschienenen Lichtung auf einen alten Baumstumpf. Dort zog ich meine Bibel hervor und zeigte ihm den Vers, den ich mir gerade heute unterstrichen hatte: „Ich habe dich je und je geliebt, darum habe ich dich zu mir gezogen aus lauter Güte."

„Sieh, lieber Freund", sagte ich ihm, „ist das nicht wunderbar, dass Christus mich armes Würmlein persönlich liebt?"

„Denkst du", fragte er überrascht, „dass sich das auf dich persönlich bezieht?"

„Das bezieht sich auf jeden, der das Wort Gottes liest und ihm glaubt, folglich auch auf mich. Und wenn ich zurückblicke, dann sehe ich in meinem Leben von der Wiege bis zu dieser Stunde soviel

Gutes, das er mir aus lauter Barmherzigkeit tut, dass ich immer fragen muss: ‚Herr, womit habe ich das verdient?'"

Wir sprachen nicht weiter über diese Dinge, aber als wir voneinander Abschied nahmen, sagte er in ernstem Ton: „Ich danke dir für die Worte deiner inneren Überzeugung und will darüber nachdenken."

Der dritte Besuch, der mich beehrte, war der Herr Schulinspektor. Er war im Großen und Ganzen mit meinen Leistungen zufrieden, aber er verriet mir, dass eine Beschwerde gegen mich vorliege, ich hätte durch Neuerungen den Unwillen der Bevölkerung hervorgerufen. Auf seinen Wunsch hin erklärte ich ihm den Sachverhalt: meine gute Absicht, den Ärger der Frauen und dass sich schließlich alles in Wohlgefallen aufgelöst hätte. Ich erzählte ihm die Sache so, dass er sich vor Lachen schüttelte. Besonders gefielen ihm die „türkischen Fahnen" und der „Irrwisch".

„Hören Sie", sprach er freundlich, „Sie werden hier populär werden, aber zu Ihrem eigenen Schaden. Sie neigen dazu, diese vulgären Ausdrücke anzunehmen und hier zu verbauern – und das wäre schade. Ich muss sehen, Sie lieber in die Stadt zu versetzen." Ich bat ihn, mich doch hier zu lassen, in den wenigen Monaten der Vertretungszeit würde ich von meiner Noblesse, wenn ich sie je besessen, doch nicht alles verlieren. In der Schule war der Herr Inspektor mit den Schülern ziemlich zufrieden. Zum Schluss fragte er sie, ob sie auch ins Freie hinausgingen. Da meldeten sich, von den Kleinsten angefangen, alle zu Wort. Das sei das Schönste von der ganzen Schule.

„Was macht ihr denn da? Was habt ihr zum Beispiel gestern gemacht?“

„Lehmkugeln“, meldete ein Kleiner aus der untersten Klasse.

„Ei, ei, auch der Herr Lehrer?“

„Der Herr Lehrer schießt am besten von uns.“

„Aber das ist doch keine nützliche Handfertigkeit, die brauchte euch der Herr Lehrer wohl nicht erst zeigen.“

„Bitte“, meldete sich eine niedliche Kleine aus der dritten Klasse. „Wir haben den Lehm nicht wegen der Kugeln geknetet, nur die Kleinen schießen damit. Wir machen daraus ...“

„Etwa Nudeln?“

Die Kinder lachten glockenhell.

„Zeigt dem Herrn Inspektor, was ihr aus Lehm macht“, ergriff ich das Wort. „Sie erlauben, Herr Inspektor ...“

Die Kinder warteten die Erlaubnis gar nicht ab, sondern holten vom Korridor ihre Bretter mit den Gänsen, Hühnern, Hündchen und Schäfchen aus Lehm herbei. Bei manchem musste man zwar erraten, was es darstellen sollte, andere hingegen waren wie lebendig.

„Nun, wenn ihr so schön spielt, da glaube ich freilich, dass das eure schönste Stunde ist. Und was macht ihr in der Turnstunde?"

„Wir Mädchen laufen zum Ziel, marschieren und springen über die Schnur. Die Jungen schlagen Räder und klettern auf die Bäume, so hoch sie kommen, dann lassen sie sich an den Händen herab."

„Hat sich noch keiner dabei den Hals gebrochen?"

„Nein, bitte."

„Auch der Herr Lehrer nicht, oder sieht er euch nur zu?"

„Bewahre", lachten die Jungen, „der klettert am höchsten und ist gleich oben."

„Was lehrt euch der Herr Lehrer noch?"

„Pfeifen."

„Das müsst ihr auch lernen? Kennt das nicht jeder von euch von der Wiege her?"

„Das ist kein solches Pfeifen. Der Herr Lehrer macht alle Vögel nach."

„Etwa auch die Nachtigall?"

„Das hat er uns noch nicht gelehrt, aber wir kommen noch dazu, denn er kann alles", erklärte Martinko Krisch mit einem Seufzer der Zufriedenheit.

„So unterrichten Sie also Naturgeschichte?", fragte der Inspektor später in meiner Stube, herzlich lachend. „Und ebenfalls Handfertigkeit, Industrie?"

„So, Herr Inspektor. Ich will, dass den Kindern in der Natur alles lebendig werde. Was sie so lernen, werden sie sicher niemals vergessen. Ich erkenne dabei, was in den Gedanken meiner Schüler schlummert, und bemühe mich, es zu erwecken."

„Ist es nicht vielleicht von Ihrer Seite aus das Verlangen, aus ernster Arbeit Unterhaltung zu machen? Ihre Jugend entschuldigt das. Aber hüten Sie sich, nicht mit der Zeit ein oberflächlicher Witzbold zu werden."

Ich bin dem Herrn Inspektor für seine Ermahnung sehr dankbar. Ja, ich will auf der Hut sein. „Herr, habe du Acht auf mich, denn nur so kann ich bestehen."

4

Noch einen Besuch muss ich erwähnen, der allerdings nicht mir, sondern der Schule galt. Der kam in der ersten Woche des November.

Bisher hatten Kollege Bavra und ich in unseren Klassen den Religionsunterricht erteilt, später sollte der erwartete Kaplan (auch die evangelischen Vikare führen in der Slowakei diesen Titel) aus dem Städtchen M. ihn übernehmen. Als ich vor dem Unterricht zum ersten Mal die Bücher und Hilfsmittel durchsah, da wurde es mir zur absoluten Gewissheit, dass ich im Seminar nicht gelernt hatte, Religionsunterricht zu erteilen, und dass ich die Kinder nur das lehren dürfe, was ihre kleinen Herzen begreifen konnten. Ich nahm mir aus dem Neuen Testament das Evangelium Lukas', um daraus zu erzählen.

Es war Mittwoch, die Stunde des Religionsunterrichtes. Die Kinder sagten mir einige Verse des wohlbekannten Gleichnisses vom reichen Mann und vom armen Lazarus auf. Ich stand mit dem Buch in der Hand an mein Pult gelehnt und hatte der Tür den Rücken zugewandt. Ich erzählte, besonders mit Rücksicht auf meine Kleinsten, etwa in dieser Weise:

„Es war einmal ein reicher Herr, dort im fernen Lande Juda. Der hatte ein schönes, großes Haus und ging sehr schön und herrschaftlich gekleidet. Er fuhr mit stattlichen Pferden und gab alle Tage ein prächtiges Gastmahl. Vor der Tür seines Hauses befand sich eine Halle mit Stufen. Wenn irgendein Bettler kam, konnte er sich da hinstellen oder auch hinsetzen.

Einst kam auch solch ein Bettler, der hieß Lazarus. Der Arme hatte nur ein einziges Kleid, und als er sich auf die Stufen setzte, konnte er gar nicht mehr aufstehen, denn er hatte an Händen und Füßen lauter Wunden, und es war niemand da, der sie ihm verbunden hätte. Das große Tor war geöffnet, denn ein Wagen nach dem anderen rollte in den Hof. Die Herren kamen zum Festmahl zusammen. Der arme Lazarus sah zu, wie die Diener über den Hof in die Küche, in die Zimmer und wieder zurück rannten. Der eine trug eine Schüssel mit Klößen, der andere mit Schneeballen, der dritte eine gebratene Gans, der vierte eine Hühnersuppe, Mohnnudeln und zum Schluß kam gar ein gebratenes Spanferkel und wer weiß was noch für herrliche Dinge. Und jener Lazarus war so hungrig, ach, so sehr hungrig. Wenn sie ihm doch nur ein Stückchen Brot gegeben hätten, ach, nur ein kleines Stückchen! Aber sie gaben ihm nichts, obwohl sie auf den Schüsseln vieles wieder forttrugen, weil die Gäste gar nicht alles aufessen konnten. Er suchte in seinem Bettelsack, ob er nicht noch wenigstens eine Brotkruste darin hätte, doch es fand sich kein Krümelchen. Und dabei war er so durstig, dass ihm die Zunge beinahe am Gaumen klebte. Er bat und rief, aber niemand hörte ihn, denn drinnen in den Zimmern spielte eine Musikkapelle, wie zu einem Hochzeitsfest – und draußen bellten die Hunde. Die hatten schon genug gefressen, denn sie hatten Knochen und auch Fleischstücke bekommen. Wie sie so im Hof herumliefen, standen sie plötzlich vor Lazarus, und der Ärmste tat ihnen so leid. Sie konnten ihm ja weder Brot noch Wasser bringen, nun, so fingen sie wenigstens an, ihm seine Wunden zu lecken. Das tat dem Kranken gut, und dabei schlief er ein.

In diesem Schlaf spürte er weder Hunger noch Durst." Ich blickte auf meine Uhr. „Hier müssen wir aufhören, denn ihr habt nur bis hierher gelernt."

„Das sind nur die Kleinen, wir haben auch den Vers gelernt, dass Lazarus gestorben ist", meldete sich einer aus der dritten Klasse.

„Das ist wahr; also wollen wir noch weiter hören." Verlangende dunkle und helle Äuglein baten: „Weiter, erzähle weiter!"

„Niemand sorgte auf Erden für diesen armen Lazarus, aber der große Gott im Himmel vergaß ihn nicht. Als es der Qualen genug waren, da sandte er seine Engel, um den Armen heimzuholen. Diese kamen, der eine hob seinen Kopf von der Treppe auf, der zweite legte die Hand unter seinen müden

Rücken, der dritte wartete, bis Lazarus den letzten Atemzug getan hatte, um die Seele, die wie ein befreites Vöglein aus seinem Käfig herausflog, mitzunehmen und hoch und immer höher mit ihr zu fliegen, bis dorthin, wo der Vater Abraham wohnte, und sie diesem in die Arme zu legen. Hier im Schoße Abrahams erwachte Lazarus, und hier schmerzte und drückte ihn nichts mehr. Ach, nun war ihm wohl, sehr wohl!“

„Hat ihm Abraham zu essen gegeben?“, fragte der kleine Martinko.

„Freilich!“

„Was hat er ihm gegeben?“

„Das weiß ich nicht, weil ich nicht dabei war, aber im Worte Gottes steht, dass die, welche aus großer Trübsal gekommen sind, nicht mehr hungern noch dürsten werden. Der Herr Jesus selbst hat erzählt, dass der König des Himmels ein großes Festmahl bereitet hat.“

„Hm, das wird sicher noch ein prächtigeres Essen sein als dort bei dem reichen Mann“, sagten die Kinder zufrieden und versprachen, zum nächsten Mittwoch die Geschichte bis zum Ende zu lernen.

Plötzlich verstummte das Gespräch. Nicht nur die Kinder, auch ich bemerkte, dass in der letzten Bank der künftige Religionslehrer, Kaplan Borinsky, saß. Er war gekommen, als wir gerade zu Beginn gebetet hatten, und da er nicht stören wollte, hatte er wenigstens erfahren, was jener reiche Mann mit seinen Gästen gegessen hatte.

Nachdem ich die Kinder entlassen hatte, führte ich ihn in mein Zimmer, und hier lernten wir uns etwas näher kennen. Er ist nur um einige Jahre älter als ich und hat zuletzt in Paris studiert.

„Hören Sie", sprach er lebhaft, „Ihre Art zu erzählen ist originell; nur haben Sie allerlei hinzugefügt, was im Worte Gottes nicht enthalten ist."

„Ich habe nichts hinzugefügt", sagte ich überrascht. „Man kann zwar sagen, dass solche Speisen bei dem reichen Mann wohl nicht auf den Tisch kamen, aber da wir nicht wissen, was sie aßen, sondern nur, dass es ein Festmahl war, so dürfen wir es uns so vorstellen, wie es unseren Sitten entspricht, um dann um so besser mit Lazarus fühlen zu können, um den es sich hier handelt, denn er hat nichts bekommen, nicht wahr?"

„Sie hatten wohl die Absicht, das Mitgefühl der Kinder zu erregen, und das ist Ihnen gelungen. Erzählen Sie immer so ähnlich?"

„Ungefähr so."

„Was wollen Sie damit erzielen?"

Ich blickte in seine schönen, tiefen Augen. „Ich möchte, dass die Kinder die Geschichte verstehen und von dem, was sie lernen, einen kleinen Nutzen haben."

„Welchen Nutzen sollen sie nach Ihrer Meinung von dem haben, was sie heute gelernt haben?"

„Da ich die Geschichte nicht zu Ende erzählen kann und die sittliche Anwendung erst im zweiten Teil enthalten ist, werden sie wohl keinen großen Nutzen davon haben."

„Oh, Sie müssen sie am Mittwoch zu Ende erzählen", sagte er warm. „Sie haben eine Geige?", unterbrach er sich erneut. Ich reichte ihm mein liebes, frisch gestimmtes Instrument. Er griff nach dem Bogen, und die Saiten erklangen. „Ein Meister", jubelte mein Herz auf.

„Sie sind ein passionierter Geiger", sagte ich.

„Das bin ich, und Ihre Geige hat einen guten Ton. Wenn ich wiederkomme, bringe ich meine mit, damit wir zusammen spielen können. Was spielen Sie am liebsten?"

„Slowakische, überhaupt slawische Lieder. Und Sie?"

„Ich auch; denn was im Herzen und in der Seele eines Slowaken lebt, das gibt kein Instrument so wieder wie die Geige."

„Ich bitte Sie, Herr Kaplan, spielen Sie mir doch eine Ihrer Lieblingsweisen, denn ich habe schon so lange nichts gehört."

Er stimmte ein Weilchen und dann – o welche Wonne für mich! – „Ei, oben Wald und unten Wald ..." jubelte die Geige und schloss mit einem schmerzlichen Weinen. „Mein Vater war gut, ich muss Wildschütz sein ..."

Noch einige Triller, dann lag das Instrument wieder auf meinem Tisch, aber die Melodien erfüllten das Zimmer, denn sie erfüllten mein Herz. Sie gingen mit uns zu Tante Dubovska, wohin ich den Herrn Kaplan zu Tisch geladen hatte. „Wir haben stets mehr als für drei", versicherte ich ihm. Und wir wurden nicht enttäuscht.

Bei Tisch erzählte er uns sehr interessant von seinen Erlebnissen in Frankreich. Die Tante berichtete von Amerika. Es war eine angenehme Stunde für uns alle. Nach dem Essen las ich wie gewöhnlich aus Gottes Wort und betete. Dann bot ich mich herzlich an, den Gast zu begleiten. Er dankte der Tante, und sie lud ihn ein, so oft er zum Unterricht käme, ihr Gast zu sein.

Als wir dann gemeinsam durch den Wald schritten und die vereinzelten Eichen und Buchen uns ihre bunten Blätter zu Füßen streuten, herrschte märchenhafte Stille um uns her, die er plötzlich mit den Worten unterbrach: „Erlauben Sie mir eine Frage!"

Wir blieben beide stehen.

„Was denken Sie von der Bibel? Verzeihen Sie, dass ich so spreche, aber unsere jungen Lehrer lehnen sie fast alle ab. Wofür halten Sie sie?", fragte er.

„Für das durch den Heiligen Geist inspirierte Wort Gottes", sagte ich mit freundlichem Ernst. „Für mich ist sie die Burg, die mit sieben Schlössern verschlossen war, bis Gottes Gnade mir den rechten Schlüssel gab und ich eintreten durfte. Nun darf ich aus- und eingehen und Weide finden."

„Wie meinen Sie das?"

„Der Herr Jesus sagt: ‚Ich bin die Tür, wer durch mich eingeht, der wird selig werden und wird ein- und ausgehen und Weide finden …'"

Schweigend gingen wir miteinander weiter bis zum Saum des Waldes. Dort blieb er stehen. Vor uns lag das breite Tal, darin das Städtchen M. mit seinen beiden Kirchen. Von der kleineren Katholischen Kirche begannen soeben die Glocken zu läuten. Ihre harmonischen Klänge erfüllten das Tal. Ich wollte bemerken, dass M. eine schöne Lage habe, aber er fuhr wie aus tiefem Sinnen empor, und ins Tal hinabschauend, bat er eindringlich: „Sagen Sie mir mit ein paar Worten, was Christus Ihnen ist!"

„Der Herr Jesus?"

„Ja, Jesus Christus."

„Mein persönlicher Heiland, mein Leben, mein allgegenwärtiger Herr."

„Ist das schon seit langem Ihre Überzeugung?" Eine seltsame Bangigkeit klang durch seine Frage hindurch.

„In ihrer ganzen Herrlichkeit kaum seit einem Jahr."

„Und vordem?"

„Vordem galt es auch von mir: ‚Tot in Übertretungen und Sünden.' Aber erlauben Sie mir auch eine Frage: Lieben Sie Christus?“ Ich versenkte meinen Blick in die Tiefe seiner schönen, jetzt aber umflorten Augen.

„Ich neige mich mit ganzer Seele vor ihm, ich sinke in den Staub vor seiner alles überragenden Größe, aber zu behaupten, dass ich ihn liebe –“, er schüttelte den Kopf.

Ich runzelte die Stirn. „Der imposante Turm der Evangelischen Kirche dort zwingt mir Bewunderung ab, aber dass ich in ihn verliebt wäre, kann ich nicht behaupten.“

„Welch ein Vergleich“, sprach er missbilligend. „Was wollen Sie damit sagen?“

„Wenn Gott uns so sehr geliebt hat, dass er uns seinen eingeborenen Sohn gegeben hat, dann hat er ihn nicht als Kirchturm gegeben, sondern als das Kind in der Krippe.“

„Der Mensch gehört vor Gott in den Staub.“

„Das glaube ich. Aber Kinder gehören nicht in den Staub, die gehören auf die Knie, in den Schoß des Vaters. Freilich, erst nachdem sie ihre Prügel bekommen, ihre Schuld erkannt, um Vergebung gebeten haben und der Vater ihnen vergeben und sie an sein Herz gezogen hat.“

„Sie sind unbegreiflich, ja unerträglich! Wie können Sie mit lachendem Mund von so großen, heiligen Wahrheiten reden?“, rief er entrüstet aus.

„Ich lache nicht darüber. Ich denke noch wohl daran, wie es war, als ich auch mein Teil bekam, aber wie mir dann ums Herz war, als der große, heilige Gott, vor dem ich gezittert hatte, mir alles vergab und ich fühlen durfte, dass er nicht nur mein Herr, sondern hinfort auch mein Vater ist."

„Womit begründen Sie diese Behauptung?", fragte er forschend. Er hatte etwas in seinen Augen, als wollte er bis auf den Grund der Seele blicken.

„Mit dem Zöllner in Jerusalem. Noch vor einem Weilchen furchtbar unglücklich, sich selbst richtend, und wenige Minuten später gerechtfertigt, denn sein Gebet: ‚Gott sei mir Sünder gnädig', war erhört. Seine Schuld war vergeben. Gerne hätte ich ihm begegnen mögen, dort auf der Tempeltreppe, und ihm die Hand geschüttelt, denn ich kann mir vorstellen, wie glücklich er war. Aber, entschuldigen Sie, ich muss heimeilen."

„Entschuldigen Sie vielmehr, dass ich Sie so lange aufgehalten habe. Morgen haben Sie Ihren freien Tag, wollen Sie mich besuchen?"

„Gerne. Ich soll auch nach Skalnik gehen und den Besuch meines Kollegen Josef Krivosch erwidern."

„Wir können gemeinsam hingehen, wenn Sie mich abholen. Richtig, der Herr Pfarrer hat mich gebeten, Sie zu ihm zu führen. Er möchte gerne wissen, ob Sie der Enkel seines Jugendfreundes Daniel Martinys sind."

Wir schüttelten uns die Hände zum Abschied, und bald lag der Wald zwischen uns.

5

Wie schnell vergeht doch diese flücht'ge Zeit,
wie schnell ist sie dahin samt Freud und Leid!

So könnte ich auch singen, denn ich weiß wirklich nicht, wohin diese letzten acht Wochen verflogen sind.

Als ich mich von Kaplan Method Borinsky dort am Waldesrand verabschiedete, streute die Eiche ihre gelben Blätter auf uns herab. Und heute ist alles voll Raureif. Er bedeckt Wald und Flur mit seinem silbernen Schleier. Unter den Füßen knistert der Schnee. Ei, wie schön ist diese winterliche Welt, und ich bin so glücklich darin. Wenn unsere Trentschiner Frauen singen: „Ich hab' einen Liebsten", dann brauche ich nur ein Wörtlein zu ändern und kann singen: „Ich hab' einen Kameraden."

Auf jenem Weg nach M. begann es, und dort hat unser lieber Ioschko (Ioschko = Abkürzung für Josef) Krivosch, allerdings nur im Herzen, das Wort Schillers hinzugefügt:

„Ich sei, gewährt mir die Bitte,
in eurem Bunde der Dritte."

Wir waren ja sonst so einsam wie die Käuzlein im Kirchturm. Und der Mensch ist ja nicht für die Einsamkeit geschaffen. Method ist nicht nur der

Älteste, sondern auch der Vernünftigste von uns. Er hat die ungewöhnliche Gabe, das, was er weiß, so darzubieten, dass jeder ihn verstehen kann. Er bildet sich durchaus ein, das Schießpulver erfunden zu haben, sonst würde er nicht so viel sagen. Seine Pflichten in M. sind mannigfach; er gibt vor allem den Religionsunterricht an den Schulen, außerdem in Skalnik und bei uns. Er hält Begräbnisse ab, zum Glück gibt es jetzt nicht viele, weil wir solch einen milden Winter haben.

Am Sonntag predigt er, im Advent hält er die Morgengottesdienste, Roraten genannt, außerdem hat er bei uns in Dubova einen Jugendverein und eine Sonntagsschule angefangen, wobei wir beide ihm helfen dürfen. Er hat auch unseren Kollegen Bavra heranziehen wollen, aber der ist, wie er sagt, mit seiner Schule vollauf beschäftigt und bereitet sich außerdem auf ein Examen vor, das seine ganze Zeit in Anspruch nimmt. Für ihn ist das Landleben nichts, er sehnt sich nach der Stadt. Auch seine Frau fühlt sich sehr einsam, da sie angemessene Gesellschaft entbehren muss. Er bat daher Method, auf seine Hilfe nicht zu rechnen. Betreffs Benützung seiner Schulräume hat er uns weitgehende Erlaubnis gegeben, denn Method plant eine Weihnachtsfeier, die am Heiligen Abend in der Kirche von M. stattfinden soll.

Am Donnerstagabend hält er immer einen Vortrag, an dem auch wir beide tätigen Anteil nehmen dürfen. Dazu haben unsere Frauen ein leeres Schulzimmer hergerichtet. Nachbar Boda hat den Ofen umgebaut. Der Richter (Schulze) hat uns Brennholz von der Gemeinde besorgt. Natürlich haben wir auch beim Inspektorat um Erlaubnis nachgesucht, obwohl das gar nicht nötig wäre, denn die alte Schule gehört der Kirchengemeinde, folglich hat der Kaplan, der zugleich Religionslehrer ist, ein Anrecht auf den leeren Raum, aber lieber zu viel als zu wenig Ordnung in diesen Dingen. Es ist ja nicht alles so glatt gegangen, wie ich es hier schreibe. Wann wäre eine gute Sache je glatt gegangen!

Auch der Pfarrer machte anfänglich Schwierigkeiten. Er ist schon alt und hat Neuerungen nicht gerne.

Gerade bei ihm durfte ich dem Kaplan ein wenig nützlich sein. Es stellte sich nämlich heraus, dass ich wirklich der Enkel seines Jugendfreundes bin und ihm ähnlich sehe. Dieser sei in seiner Jugend auch solch ein Schelm gewesen wie ich. Darum hat mich der alte Herr gleich liebgewonnen, ich darf jederzeit zu ihm kommen. So habe ich betreffs der Weihnachtsfeier für Method alles erbettelt, was wir gerne haben wollten. Dabei kam mir ein mächtiger Faktor zugute. Der Herr Pfarrer ist in seiner Jugend ein guter Sänger gewesen und hat selbst manche Lieder komponiert. Auf meine Anregung sangen und spielten wir ihm „Stille

Nacht, heilige Nacht“ vor, was wir auch mit den Kindern einüben. Er war ein wenig überrascht, als wir zu dritt bei ihm eindrangen, aber er nahm unsere musikalische Darbietung freundlich auf. Ioschko Krivosch hat eine vorzügliche Stimme, die jeder Modulation fähig ist, und unsere Geigen spielten ausgezeichnet. Der alte Herr hörte auf zu rauchen, ja, er riss sein Samtkäppchen von dem silberweißen Haar und lauschte andächtig.

„Ja, das ist ein schönes Lied, einst in Deutschland habe ich es auch mit meinem Kollegen gesungen. Auch die Übersetzung ist gut“, lobte er.

„Wenn die Kinder es singen werden“, versicherte ich begeistert, „wird es an den Lobgesang der Engel auf Bethlehems Fluren erinnern. Nun wollen wir Ihnen noch eins spielen, Herr Pfarrer, das auch gesungen werden soll.“

„Der Herr Christus ist geboren, freuet euch“ (altböhmisches Weihnachtslied) stimmten wir an, und da konnte sich der Herr Pfarrer nicht länger zurückhalten, er musste Krivosch mit seiner noch immer schönen Stimme helfen. Auch die Frau Pfarrer fiel mit ihrem zitternden Stimmchen ein. Nun, so haben wir uns denn durch Spiel und Gesang weitgehende Befugnisse errungen.

Da wir schon bei der Musik sind, muss ich noch erwähnen, welch schöne Stunden Method und ich verbringen, wenn er zu uns nach Dubova kommt und den Abend da verbringt. Ich habe ihm einige meiner Kompositionen, Texte und Melodien gezeigt, auch unsere neuen slowakischen Zionslieder, die wir dem Herrn als Dankopfer zu Füßen gelegt haben. Er war, wie ich erwartet hatte, ganz begeistert davon. Unter seiner Anleitung begannen wir im Jugendverein und in der Sonntagsschule diese Lieder zu lernen. Aber auch unsere alten Kirchenlieder üben wir fleißig. Im richtigen Takt gesungen, wenn jenes hergebrachte Schleppen und willkürliche Ziehen wegfällt, klingen sie erhebend. Der Organist von M., ein guter Orgelspieler, hat sehr darunter gelitten, dass selbst sein Orgelspiel jene Fehler nicht übertönen konnte, von denen die Gemeinde nicht loslassen wollte. Wir versprachen ihm, für die geplante Weihnachtsfeier mit unseren Mitgliedern die Lieder, die die Gemeinde singen sollte, im richtigen Takt einzuüben, hinauf auf die Empore zu gehen und auch die Sänger im Kirchenschiff durch unseren Gesang mit fortzureißen. Dafür erbot er sich, uns ein feines Orgelpräludium zu Beginn unserer Feier zu spielen. Es ist nicht nur bei den beiderseitigen Versprechungen geblieben – allein so weit sind wir noch nicht.

Jetzt muss ich etwas von den Roraten schreiben. Wir besuchten gerne diesen täglichen Frühgottesdienst in der Adventszeit. Unserem Beispiel folgte bald ganz Dubova. Der Herr Kaplan hielt uns kurze, schöne Auslegungen über die Verheißungen. Der Organist spielte die alten Adventslieder sehr schön. Die Frauen schrien und schleppten nicht so wie am Sonntag. Wenn es sehr viel Schnee gab, spannten die Bauern ihre Pferde ein und fuhren die Alten und die Kinder im Schlitten zur Kirche. Die Männer, die Jugend und die größeren Schulkinder gingen zu Fuß. Die Sterne standen noch am Himmel, der Schnee glitzerte, von den Bäumen hingen Kristalle herab, und in M. begannen gewöhnlich die Kirchenglocken zu läuten, wenn wir uns näherten.

Mir war mein Gott so nahe, und ich erschien mir so klein, dennoch fühlte ich, dass er mich liebte und dass ich ihn auch lieben dürfte.

Eines Abends setzte ein heftiges Schneetreiben ein, und da beschloss ich, am anderen Morgen daheim zu bleiben. Wir wurden uns einig, die Rorate in der Schule abzuhalten, damit auch die Kinder daran teilnehmen könnten, denn nach M. hätten wir keines von ihnen mitnehmen können.

Jene Morgenstunde werde ich niemals vergessen. Wir saßen im Vereinszimmer. Die Kinder hatten ihre Wachskerzen vor sich. Diese leuchteten wie Glühwürmchen und verbreiteten Weihnachtsduft. Wir sangen bekannte Lieder. Ich nahm meinen Text aus Sprüche 8 und erzählte den Kindern, wie schön es im Himmel gewesen, als der Sohn Gottes dort bei seinem himmlischen Vater wohnte. Wie Gott ihn behütete und wie die Engel ihn liebten und schon im voraus besorgt waren, wie das nur werden sollte, wenn Gott ihn auf die Erde senden würde, wie es nur im Himmel ohne ihn sein würde! Alle Schönheit, Pracht und Musik würde ja hierbleiben – aber er, der Schönste, würde nicht mehr da sein. Die Blumen würden weiterblühen, die Wasser rauschen, die Vöglein singen, aber ihn würde es nicht mehr erfreuen, wenn er fortginge.

Ich erzählte, wie auch ein Herz so sein könne wie der Himmel, aber wenn der Herr Jesus nicht darin sei, dann fehle die wahre Freude usw.

Als nach dem letzten Lied die Kleinen und die Großmütter fortgingen, saßen wir noch ein wenig am Kachelofen, um seine Wärme zu genießen. Ioschko Krivosch blickte schweigend in die verlöschende Glut. Um uns her lagerte märchenhafte Adventsstimmung.

„Stefko“, seufzte er mit einem Male, „es war gut, dass gestern diese Schneeverwehung kam und ich bei dir übernachten musste. Diese heutige Morgenandacht werde ich niemals vergessen. Da sind mir die Augen aufgegangen und ich habe erkannt, warum du glücklicher bist als ich. Wir sind ja beide jung, uns beiden blühen noch die Frühlingsblumen, singen noch die Vöglein im Herzen. Uns beiden ist es mitunter, als hätten wir hier auf Erden den Himmel im Herzen, aber in deinem Herzen ist er, den der Psalmist den ‚Schönsten unter den Menschenkindern‘ nennt. In meinem ist er nicht, das ist der Unterschied zwischen uns.“

Ich ergriff die Hand des Freundes. „Du hast Recht. In meinem Herzen ist er, und durch ihn erhält der Himmel erst seinen Wert, aber vor deinem steht er und bittet, wie's in dem Lied heißt, das wir gesungen haben:

Er gibt Freuden ohne Zahl,
hält mit dir das Abendmahl.
Seele, fällt so schwer die Wahl?
Laß ihn ein!"

Und dann geschah das, was ich seit Wochen erbeten hatte. Ioschko gehorchte, öffnete sein Herz, und als er dann fortging, um gegen den rauen Nordwind und die hohen Schneeverwehungen anzukämpfen, da merkte er, wie er mir später sagte, nichts von diesen äußeren Unbilden, denn in seinem Herzen war der Himmel.

Ja, diese Rorate werde ich niemals vergessen, denn er, der Schönste, war als König und Fürst des Lebens zu uns gekommen.

6

Obwohl meine Kinder jetzt viel lernen mussten, denn zu den Schulaufgaben waren noch regelmäßiger Religionsunterricht sowie die Vorbereitungen der Sonntagsschule fürs Weihnachtsfest hinzugekommen, kamen sie dennoch gerne zur Schule. Dafür genossen wir in den Freistunden die Freuden des Winters: Schlittenfahren, Eisbahn, Schneeballschlachten, Schneemänner usw. So flogen die Tage dahin, und mit einem Mal war das Weihnachtsfest da.

Ich hatte von daheim eine Einladung bekommen. Mein teurer Vater schrieb, dass er sich mit den kurzen Nachrichten, die ich sende, doch nicht begnüge, ich müsse die Weihnachtsferien zu Hause verbringen. Er wolle sich überzeugen, wie ich mich in das neue Leben hineinfinde. Ich habe noch niemals Weihnachten außerhalb meines Elternhauses verlebt. Heute drückte mir der Schmerz fast das Herz ab, als ich diese Einladung las. Unwillkürlich schüttelte ich den Kopf: „Ich kann nicht heimkommen, Vater, glaube mir!", sprach ich traurig bei mir selbst, „wenn sie nicht mehr da ist, die teure Mutter, die die Seele des Hauses war."

Vergangenes Jahr umgab uns noch ihre sonnige, zärtliche Liebe. Wir merkten es nicht, dass sie, die Teure, uns langsam entschwand. Sie aber fühlte es, dass es die letzten Weihnachtsgaben waren, die sie für uns vorbereitete, darum waren sie so schön. Ach, wir ahnten ja nichts, ich am allerwenigsten.

Ich war im Zenit der ersten Liebe zu meinem himmlischen König heimgekommen. Ich hatte den Himmel im Herzen, und die Sehnsucht, ihr, die mich immer verstanden hatte, die auch mein schlimmes, übermütiges und dabei doch verschlossenes Naturell kannte und mich nie verurteilt hatte, alles zu sagen. Wie oft hatte sie über mich und mit mir getrauert.

O was waren das für kostbare Augenblicke, als ich wirklich Gelegenheit hatte, ihr alles mitzuteilen, so dass zum ersten Mal mein Herz so offen vor ihr dalag, wie nur das allwissende Auge Gottes es kannte. Ja, das waren schöne Weihnachten gewesen!

Und schon nach Epiphanias wurde ich telegrafisch heimgerufen. Eine ganz unbedeutende Grippe war über sie gekommen, aber sie in ihrer von allen unbeachteten Schwäche hatte ihr nicht widerstehen können.

Ich betete den ganzen Tag, denn eine furchtbare Angst, ich könnte sie nicht mehr lebend antreffen, hatte mich erfasst. Dem Herrn sei Dank, sie lebte noch und sie ließen mich allein mit ihr. Am Morgen nach meiner Ankunft, auch am Abend und während der Nacht durfte ich auf meine Bitte bei ihr sein. Alles interessierte die Teure, besonders aber, wie ich mein neues geistliches Leben im Herrn lebte. Sie verbarg mir nicht, dass sie von uns scheiden werde, aber sie freute sich, dass ich nicht mehr allein sein würde, dass sie meinetwegen nicht mehr zu bangen brauchte, dass ich auf Abwege geraten und verloren gehen könnte.

„Er ist bei dir, das genügt mir." Als ich neben ihrem Bette kniend meinen Kopf neben den ihren legte, streichelte sie nach alter Gewohnheit meine Haare.

„Meine Seidenlöckchen" hatte sie sie immer genannt.

Darum hatte ich sie mir auch immer so lang wachsen lassen, damit sie etwas zum Streicheln hätte. Und obwohl diese zarte, weiße Hand sie nie mehr streicheln wird, kann ich mich bis heute nicht von ihnen trennen.

Damals war es mir so wohl bei ihr. Ich nannte ihr Bibelstellen, besonders aus den Psalmen, auch Lieder, und betete mit ihr. Plötzlich zog sie mich an sich. Sie küsste meine Stirn, meine Wangen, meine Lippen. So süß wird mich niemand mehr küssen.

„Ich danke dir, mein Stefan", sagte sie mit klarer Stimme, „dass du mir deine inneren Erfahrungen mitgeteilt hast. Ich habe viel darüber nachgedacht, und nun glaube ich auch, dass der himmlische Vater nicht nur allen Menschen, wie ich bisher geglaubt habe, sondern mir persönlich seinen Sohn gegeben hat. Ich weiß schon, dass das Blut auf Golgatha nicht nur zur Erlösung für viele, sondern auch für mich geflossen ist. Ich preise den Herrn für diese Gnade, dass mein Sonnenkind, mein geliebter, erstgeborener Sohn mich bei der Hand genommen und zum Kreuz geführt hat. Ich habe meine Hand in die für mich durchgrabene Rechte meines Heilands gelegt, darum weiß ich gewiss, dass ich nicht allein durchs Tal der Todesschatten hindurchgehen muss, dass er mich geleiten wird."

„Er hat mich erkauft", fuhr sie nach einem Weilchen fort, „ich war also längst sein, aber ich wusste es nicht. Heute weiß ich es. Und ich weiß auch, dass er mein ist, dass der himmlische Vater ihn mir gegeben hat, darum preise ich seine Gnade. Weine nicht, mein Sohn, wenn ich fortgehe, denn wir werden uns wiedersehen. Bleibe niemandem dies Zeugnis schuldig. Alles ist uns auf Golgatha erworben, alles ist für uns bezahlt, aber die Seelen wissen es nicht. Oh, es ist so herrlich, wenn das Leben beginnt!"

Die letzten Worte konnte ich nur mehr erraten. Mein Mütterchen schlief vor Schwäche ein, und mich umwehte in ihrer Nähe solch ein Frieden, dass ein Schlummer meine Augen schloss, denn ich war die ganze Nacht hindurch gefahren. Aus diesem Schlummer erweckte mich ein Kuss. Mein Vater beugte sich über mich. Tränen flossen über seine Wangen. Eine bange Ahnung erfasste mich.

Meine teure Mutter schlief so süß, mit solch einem himmlischen Frieden auf dem stillen Antlitz. Aber obwohl ich wusste, dass sie mich verlassen hatte, konnte ich nicht weinen, als alle um mich her weinten. Sie war ja nach Hause gegangen!

Nun habe ich schon fast ein Jahr ohne sie gelebt, aber Weihnachten daheim ohne sie verbringen, das kann ich nicht. Darum war es mir sehr lieb, dass ich dem Vater schreiben durfte, welch schöne Pflicht mich hier in Dubova festhält. Ach, mein Vater ist ja nicht mehr allein. Häusliche Verhältnisse, namentlich die Sorgen für seine jüngsten Kinder, haben ihn bewogen, für einen Ersatz zu sorgen.

Anfang Dezember hat er ihnen eine zweite Mutter zugeführt. Da er in erster Linie eine Hilfe für seine Kinder suchte, glaube ich, dass mein Gott diesen Schritt gesegnet hat. Unsere Gymnasiasten, Ferko und Milenka, sind ganz glücklich, dass wieder Ordnung im Hause herrscht. Sie fühlten sich wie verlassene Küchlein, und Vater war sehr einsam. Ich freue mich, dass ihnen allen nun geholfen ist, so dass auch ich mich ohne traurige Gedanken an sie der Weihnachtsfreude hingeben kann.

Endlich war der Heilige Abend da, und als es dämmerte, eilten wir zu Fuß und in Schlitten nach M. Festliches Glockengeläute empfing uns. Vielleicht hatten die Glocken noch nie so feierlich und freudig geklungen wie heute, als wir leise die Treppen zur Empore hinaufeilten und unsere Plätze einnahmen. Die Kinder von Skalnik gingen voraus, die aus M. gingen zur linken Seite. Der Herr Organist spielte ein herrliches Präludium, dann schritt der Herr Pfarrer zum Altar. Der Küster schloß das eherne Gitter hinter ihm.

Sechs große Wachskerzen, die am Altar brannten, warfen ihr geheimnisvolles Licht auf den noch dunklen Baum. Der zweite Kirchendiener drehte das elektrische Licht an – die Kirche hat nämlich seit dem letzten Jahr elektrische Beleuchtung, nur am Altar haben sie den altmodischen Schmuck der Wachskerzen beibehalten.

Nun erklang die Liturgie: *„Ein Kind ist uns gegeben, ein Sohn ist uns geboren, Halleluja!"* Dann kam das Gebet, und dann schallten die Lieder, die wir dem Herrn Pfarrer versprochen hatten, durch die Kirche. Wir hielten Wort und rissen die ganze Gemeinde mit fort.

Der Herr Christus ist geboren, freuet euch!
Von der Jungfrau auserkoren, freuet euch!
Er, der Davidsspross,
liegt in ihrem Schoß –
Halleluja, freuet euch!

Dann erklang von der Kanzel die Weihnachtspredigt über den Text: „Aber du, Bethlehem im

Stamme Juda, ..." Wir hörten, wer da heute zu uns gekommen war: der Herzog der Seligkeit, der Messias, der Hirte, wer ihn uns gegeben hat und dass wir uns ihn im Glauben aneignen dürfen. Die Rede war kurz, aber machtvoll und begeisternd. Während dann die Gemeinde sang: *„Lobt Gott, ihr Christen allzugleich"*, zündeten die dazu bestimmten Jungen von Dubova die Kerzen am Weihnachtsbaum an, besonders den großen Stern an der Spitze, der mit seinem hellen Licht den ganzen Baum bestrahlte.

Inzwischen stiegen wir zu zweien die Treppe herab und wanderten ins Kirchenschiff, wo uns der Herr Kaplan schon ohne Talar, aber mit der Geige in der Hand, erwartete. In diesem Augenblick erlosch das elektrische Licht, und nur der Lichterbaum strahlte im Altarraum in die dicht gefüllte Kirche hinein.

Majestätische, aber gedämpfte Akkorde erklangen als Vorspiel. Als sie verstummten, erklangen wunderbare Geigentöne, dann fielen mehr als hundert Kinderstimmen ein und sangen: „Stille Nacht, heilige Nacht!" Nur die Engel von Bethlehem konnten schöner und begeisterungsvoller singen: *„Stille Nacht, heilige Nacht."* Aus den Augen vieler Zuhörer flossen Tränen. Tiefe Stille herrschte, als die Kinder nun die Verheißungen und das zweite Kapitel des Lukasevangeliums aufsagten. Zum Schluss sangen die jubelnden Kinderstimmen das liebliche

Weihnachtslied der Kleinsten: *„Ihr Kinderlein, kommet, o kommet doch all …“*

Dann trat der Herr Pfarrer aufs Neue vor den Altar, um der Gemeinde den Segen zu geben, und dann verließ diese die Kirche. Dann erst begann die eigentliche Bescherung; aber alles ging trotz aller Freude sehr still und ordentlich zu, wie es sich fürs Gotteshaus geziemt.

Dann setzten wir die Kinder glücklich in unsere Schlitten, und ich ging mit Tante Dubovska still nach Hause. Während wir durch diese stille Winternacht schritten und Tausende von Sternen zu uns herniederfunkelten, war mein Herz voll Glück. Unwillkürlich erhob ich meine Augen dahin, wo meine Mutter zum ersten Mal Weihnachten feierte. Vielleicht dürfen jene, die schon daheim beim Herrn sind, wenigstens in solchen Augenblicken auf uns herniederschauen. Wenn nicht, dann hat er ihr sicher gesagt, wie glücklich ich bin, wie ich das Band fühle, das die obere Gemeinde mit der Gemeinde hier unten verbindet. Wie sollten wir denn nicht verbunden sein, wenn er, der Sohn, der uns gegeben wurde, der Mittelpunkt und Gegenstand unserer Lobpreisungen ist? Unwillkürlich sehnte ich mich danach, diese Gedanken auszusprechen. Ich blickte die Tante an, die schweigend neben mir einherschritt, und war bestürzt. Sie hatte geweint, und solch ein seltsamer Ausdruck lag auf ihrem ernsten Gesicht.

„Sie haben geweint, Tante, heute?", fragte ich verwundert.

Sie blickte mich an.

„Worüber haben Sie geweint?"

„Darüber, dass ich fast fünfzig Jahre auf Erden gelebt habe; und obwohl ich das, was wir heute gehört haben, alles wusste und auch, wie man sagt, daran glaubte, habe ich doch heute mein erstes Weihnachtsfest gefeiert; denn ich bin heute zum ersten Mal in Bethlehems Stall gegangen, um auch mir dieses Kindlein anzueignen und Gott zu danken, dass er mir seinen Sohn gegeben hat. Dass das geschehen ist, das verdanke ich nur Ihnen, Herr Lehrer!"

„Mir?", rief ich verwundert aus. „Vielmehr dem Worte Gottes, das wir gemeinsam gelesen haben."

„Natürlich auch dem, aber einem Schlafenden würden Sie vergeblich aus der Bibel vorlesen. Durch Sie hat mich der Herr Jesus geweckt, und als wir so durch diese heilige Stille dahingingen, da habe ich dem Sohn Gottes gedankt, dass er Sie zu uns geschickt hat, und ihn gebeten, dass er noch viele wecken möge."

Die Worte der Tante waren mir sehr wertvoll, dennoch bin ich mir noch nie so klein und unwürdig vorgekommen. Ich erzählte der Tante, dass es auch für mich ein besonderes Weihnachtsfest sei, das erste, das ich fern vom Elternhaus verlebte. Ich weiß selbst nicht, wie es kam, dass ich ihr dann meine letzten Weihnachtsferien und das, was darauf folgte, schilderte. Aber auch, wie ich mir während des Liedes *„Stille Nacht, heilige Nacht"* meine Mutter vorgestellt hatte, wie sie dort oben zum ersten Mal Weihnachten feierte ohne uns, und dennoch glücklich.

Doch nun genug davon. Ich muss mich beeilen, denn ich habe noch viel zu schreiben.

Beim Abendessen las ich die Briefe und Karten, die die Post mir gebracht hatte. Keiner von meinen Kameraden und Kameradinnen hatte mich vergessen, alle hatten sie mir ein Lebenszeichen gegeben. Sie schrieben, wie sie Weihnachten zu verbringen gedächten.

Ich war dem Herrn Richter sehr dankbar, dass er unsere Post von M. mitgebracht und mir hergesandt hatte. Unter anderem fand ich auch einen Brief von daheim vor. Mein Vater schrieb, dass er sich damit zufrieden geben müsse, wenn mich meine Pflichten über das Weihnachtsfest in Dubova zurückhielten, dass er mich aber bestimmt zum Jahreswechsel daheim haben wolle und dass sie mir ersetzen wollten, was mir am Heiligen Abend entginge.

„Nicht wahr, Sie fahren, Herr Lehrer?", fragte die Tante, als ich ihr den Brief vorlas.

„Natürlich! Wenn ich nicht für den zweiten Feiertag den Kindern jene Schlittenpartie versprochen hätte, würde ich schon morgen mit dem Nachtzug abreisen. So kann es erst am 26. sein. Denn unsere Kinder verdienen wohl eine Belohnung, nachdem sie so brav ihre Pflicht getan haben."

Die Belohnung blieb nicht aus. Der Herr erhörte unsere Gebete um schönes Wetter. Die Schlittenbahn war herrlich, obwohl noch frischer Schnee hinzugekommen war. Alle Bauern hatten ihre Pferdchen eingespannt.

Ich werde niemals meine eigene Freude und den Jubel der Kinder vergessen. Mein Freund Krivosch bedauerte, dass er seine Kinder nicht gleichfalls mitgenommen hatte. Method hatte ein Begräbnis abzuhalten. Als wir nach drei Uhr heimkehrten und dem Weg nach M. zueilten, stieß er mit seinem Schlitten zu uns. Denn die ganze kleine und große Gesellschaft gab mir das Geleit bis zum Bahnhof. Eilig nahm ich Abschied von ihnen und sprang in den Zug; da fuhr dieser schon los. Hinter mir erklang noch eines unserer schönen Weihnachtslieder: „*Halleluja, Halleluja, Halleluja, Ehre …*"

So endete das erste Weihnachtsfest, nachdem ich mein selbständiges Leben begonnen hatte.

7

Im Eisenbahnabteil fuhr ich mir mit beiden Händen durchs Haar, denn es wartete auf mich eine wenig angenehme Überraschung. Da saß eine geplagte Mutter mit drei kleinen Kindern. Das jüngste weinte kläglich in ihren Armen, zwei größere, ein vierjähriges und ein anderthalbjähriges, balgten sich heulend auf dem Boden. In der Ecke des Wagens hielt sich ein alter Mann vor diesem Geschrei die Ohren zu. Auch die übrigen Mitreisenden zeigten sich sehr unwillig über dieses Paviankonzert. Was nun? Entweder musste ich die allgemeine Stimmung über die gegenwärtige Lage teilen oder ich musste ihrer Herr werden und sie ins „Pfefferland" jagen.

Zur großen Überraschung des kleinen Sängers stellte ich ihn neben mich auf die Bank. Ich steckte ihm ein Bonbon ins Mündchen, das er vor Überraschung zu schließen vergessen hatte. Die kleinen Hände am Bahnhof hatten mir nämlich die Taschen tüchtig vollgestopft.

„Hör' mal, kleiner Freund", sagte ich, als ob uns seit langem die innigste Freundschaft verbände, „ich habe in meiner Tasche etwas Gutes."

„Dutes?", meldete sich der Kleine am Boden.

„Süße Mohnkuchen."

„Tuchen", wiederholte der Kleinere. Ein Weilchen später gruben sich die kleinen Zähnchen in die geschenkten Kuchen ein. Unterdessen hatte die Mutter den schreienden Säugling beruhigt, so dass unser Gespräch aufmerksame Zuhörer fand. Die Kinder guckten neugierig in meine Tasche, und ich erzählte ihnen dabei, wie schön es auf unserer Schlittenbahn gewesen sei, wie die Pferdchen gelaufen waren, mit dem kleinen Fohlen hinterdrein. Am Hals hatte es ein Halsband mit Schellen gehabt, die machten: Kling, kling!

„Kling, kling", kam das Echo aus dem mohngeschwärzten Mäulchen.

„Der Onkel, der uns gefahren hat, hatte eine Peitsche; er hat damit geknallt, aber nicht auf die Pferdchen, sondern nur in die Luft."

„Do!" Der kleine Mann streckte die Ärmchen aus, seine Äuglein strahlten vor Wonne.

„Söne Ferdchen nis deslagen", bestätigte der Kleinere und lehnte sich dabei mit dem Ellbogen an meine Brust. Sein Brüderchen lehnte seinen Kopf an meine Knie, und seine klugen Äuglein wurden immer größer, während ich ihm von unserer Weihnachtsfeier erzählte: von dem großen Weihnachtsbaum, von den vielen Kindern, wie schön sie gesungen hatten, aber auch von dem kleinen Jesuskind, das dort in der Krippe gelegen hatte und das sie willkommen hießen. Als ich merkte, dass das Köpfchen auf meine Schulter herabsank, setzte ich mir den Kleinen auf meine Knie, legte den Älteren neben mich auf meine Reisedecke, und bevor ich das Lied: „Ihr Kinderlein, kommet …" zu Ende gesungen hatte, hatte ein süßer Schlaf die munteren Äuglein geschlossen. Im Abteil herrschte für einige Zeit Stille. Niemand unterbrach sie, um die kleinen Schläfer nicht zu wecken. Später nahm mir eine Nachbarin den Kleineren ab und setzte sich an meinen Platz. Ich trat hinaus, um durchs Fenster die winterliche Landschaft zu betrachten.

„Sie haben diesen Leuten geholfen, mein Herr", sprach der Schaffner, nähertretend.

„Wissen Sie nicht, dass wir dazu auf der Welt sind, um Böses durch Gutes zu überwinden? Ich bin nicht musikalisch genug, um ein solches Konzert eine Stunde lang anzuhören. Die Kleinen waren so eifrig bei ihrem Geschäft, dass sie wenigstens eine Stunde ausgeharrt hätten! Wenn wir wollen, dass es auf der Welt gut ist, dann können wir das am ehesten erreichen, indem wir unserem Nächsten zum Guten verhelfen. Denken Sie nicht?"

„Ich denke, dass Sie Recht haben, aber wer hat Sie das gelehrt?"

„Mein Herr Jesus Christus."

Der Zug hielt, er musste fort. Als er nach einer halben Stunde wiederkam, hatte ich schon meinen Koffer und die Reisetasche nebst einer reichlichen Portion allgemeinen Dankes hinausgetragen. Vor letzterer musste man enteilen.

„Wir kommen erst in einer halben Stunde nach

Z.“, beruhigte mich der Schaffner. Ich sagte ihm, dass ich lieber etwas draußen stehen wolle, da ich im Schnellzug noch lange sitzen müsse.

„Sind Sie an den Feiertagen daheim gewesen?“, fragte ich ihn.

„Nein, ich hatte Dienst. Ich komme erst zu Neujahr heim.“

„Da haben Sie ja gar keine Weihnachtskuchen gegessen?“

Er verneinte lachend.

„Also, Sie können mich retten!“

„Ich Sie? Wovor?“

„Vor einem verdorbenen Magen. Ich habe nämlich diese Tasche voll Kuchen, die wohlgesinnte Feen mir beschert haben. Über Nacht kann ich sie nicht essen, und dann komme ich nach Hause, wo sicher ein ganzer Berg Kuchen auf mich wartet.“

Ich zog eine volle Papiertüte aus meiner Reisetasche. „Sehen Sie“, sagte ich, „sie sind sehr gut, nicht nur mit Zucker, sondern auch mit Liebe gesüßt, sie werden Ihnen sicher schmecken. Wollen Sie mir helfen?“

Er versicherte fröhlich, dass das ein angenehmes Rettungswerk sei. „Ich bitte Sie“, sprach er bewegt, „woher schöpfen Sie Ihren Humor? Vielmehr, das ist nicht Humor, sondern Sonnenschein ...“

Ich reichte ihm ein Neues Testament. „Aus diesem Buch! Ich gebe es Ihnen als Weihnachtsgeschenk. Lesen Sie darin, glauben Sie, was es enthält. Gehorchen Sie meinem Herrn, und auch Sie werden den Quell der Freude in sich haben!“

Er dankte rasch, denn plötzlich füllte sich der Gang; fünf Minuten später hielten wir in Z., wo der Schnellzug schon auf mich wartete. Ich konnte nur schnell auf ihn zueilen, da erklang schon das Signal. Es war mir, als riefe es: „Nach Hause, nach Hause!“

Meine Sehnsucht, ein stilles Plätzchen zu finden, wo ich mich ein wenig ausschlafen konnte, da ich nun ohne Umsteigen bis nach Hause fuhr, wurde über alles Erwarten erfüllt. Der Schaffner, den ich um solch ein Plätzchen gebeten hatte, führte mich in ein kleines Abteil zweiter Klasse, wo er seine Sachen untergebracht hatte. Ach, dort konnte ich mich herrlich ausruhen. Nachdem er mich eingeschlossen und ich ihm einige Schriften gegeben hatte, um ihm die Zeit zu vertreiben, schlief ich fest ein und schlief bis zum Morgen.

Als ich am nächsten Morgen meinen äußeren Menschen gerade etwas in Ordnung gebracht hatte und schon meinte, in Z. einzufahren, trat plötzlich der Revisor ein. Er prüfte meine Fahrkarte und blickte verwundert in mein vergnügtes Gesicht.

„Ich könnte die Schuld auf den Schaffner schieben, der mich hier hereingeführt hat“, sagte ich, „aber ich will mich nicht entschuldigen. Da Sie, Herr Revisor, mich gefunden haben wie den Kater, der an der Speckschwarte des Staates maust, will ich gerne den Zuschlag zur zweiten Klasse bezahlen, schon aus Dankbarkeit dafür, dass Sie nicht früher gekommen sind, und ich mich so herrlich ausschlafen konnte."

Das bleiche, übernächtigte Gesicht des Beamten hellte sich bei diesen Worten auf. Er gab mir die Fahrkarte zurück.

„Sie sind Staatsangestellter?"

„Ja, bitte, Dorfschullehrer."

„Das freut mich, Herr Lehrer, dass Sie sich bei unserem staatlichen Speck so gut ausgeschlafen haben." Der Revisor nahm Platz. „Ich habe auch einen Bruder, der Lehrer ist. Daher weiß ich, dass die Taschen dieser Herren fast immer leer sind."

„O Sie irren sich! Meine Tasche und mein Koffer sind voll lauter guter Dinge."

„Auch die Geldtasche?"

„Die gerade nicht, denn wir stehen vor dem Ersten. Aber es reicht schon bis nach Hause. Und wenn wir einst dem himmlischen Vaterhaus recht nahe sind, brauchen wir uns auch wegen des Ersten nicht zu sorgen."

„Nun, Sie denken wohl gar an den Tod? Aber von dem sind Sie doch noch weit entfernt, und an den denkt die Jugend nicht!"

„Da haben Sie Recht, auch ich denke nicht an den Tod, sondern an das Leben, das hinter seinen Pforten beginnt und das uns der Heiland auf Golgatha erworben hat."

Er blickte mich aufs Höchste sehr verwundert an.

„Worüber wundern Sie sich?“

„Wo nehmen Sie nur diese ernsten Worte her? Ich dachte zuerst, ich spräche mit einem Komiker und jetzt ...“

„Jetzt sprechen Sie mit einem sehr glücklichen Kind, das an der Krippe von Bethlehem aufs Neue der Liebe Gottes froh geworden ist, und das auch Ihnen, Herr Revisor, wünscht, dass diese Liebe Sie erleuchte, damit wir beide einst bei der wichtigsten Revision bestehen können.“

Ich reichte ihm die Hand, und schon trennte uns ein schriller Pfiff.

„Herr, lass ihn dort dereinst bestehen, aber auch mich!“, bat ich, die Stufen hinabeilend.

Einen Blick warf ich ringsumher. „Joseph“, rief ich fröhlich aus, denn da kam wirklich unser alter Brummbär auf mich zu, der mich von Kindesbeinen an liebte, obwohl ich ihm viele dumme Streiche gespielt hatte.

„Stefko, Herr Lehrer!“

Ein Weilchen später saß ich schon warm eingehüllt in unserer Familienkutsche.

Von Blazej erfuhr ich, dass mich alle erwarteten. Der Alte knallte mit seiner Peitsche, und die Pferde flogen dahin. Mein Herz jubelte: „Nach Hause, nach Hause!“ Nein, die Bangigkeit darf nicht darin aufkommen.

Mein Mütterchen ist ja so glücklich daheim bei unserem König, und ich muss dafür sorgen, dass ihr Wille erfüllt wird und wir auch ohne sie glücklich sind.

Das, was ich am meisten gefürchtet hatte, liegt nun hinter mir. Ich habe diejenige gesehen, die an Stelle meines Mütterchens an der Seite meines Vaters steht. Sie ist nicht so bleich und zart wie die Heimgegangene, sondern hat eine stattliche Gestalt, ein frisches, rosiges Gesicht, denn sie ist jünger und gesund. Aber sie hat gute Augen, ein freundliches Lächeln, eine angenehme Stimme. Sie ist so, wie meine Lieben sie mir geschildert haben.

„Unsere neue Mama!" Ich bin froh, dass der Vater sie nicht „Mütterchen" nennt. Diesen trauten Namen könnte ich ihr kaum geben, aber so will ich sie gern nennen. Freudig von allen begrüßt, hatte ich keine Zeit, traurigen Gedanken nachzuhängen. Im Triumph führten sie mich in das Zimmer, das mein Vater für mich bestimmt hatte. Wenn ich mich ein wenig ausgeruht hätte, sollte ich zu ihm kommen. So saß ich denn alsbald auf dem Sofa in seinem Arbeitszimmer, während er seine Zufriedenheit über mein Aussehen aussprach und mir allerlei Fragen vorlegte.

„Wie geht es dir denn in dem neuen Leben, von dem du mir geschrieben hast?", fragte er mit ernstem Lächeln, so dass ich vor Freude errötete. „Hast du Verständnis gefunden?"

Freudestrahlend erzählte ich ihm von Ioschko Krivosch und von unserer schönen Arbeit mit Method Borinsky.

„Sieht er, der Theologe, diese Dinge auch so wie du?"

„Noch nicht ganz; aber ich hoffe, so wie ich mir Ioschko vom Herrn erbeten habe, so werde ich mir auch ihn erbitten, denn ich bitte ja nicht mehr allein. Ioschko und Tante Dubovska helfen mir darin."

„Ich glaube nicht, mein Sohn, dass das so leicht geht", erwiderte mein Vater kopfschüttelnd. „Er wird viel opfern, viel verlieren müssen. Zu solch einem Leben, wie es dann auf ihn warten würde, gehört große Charakterstärke, um treu zu bleiben. Es war noch vor dem Umsturz, als zu uns nach Z. ein neuer Kaplan kam. Er war gerade aus Deutschland zurückgekehrt, denn damals gingen unsere Theologen meist dahin, um zu studieren. Er kam öfter zu uns. Gar oft erzählte er uns von den evangelischen Pfarrern und Professoren dort, von ihrem Eifer und ihren schönen Bestrebungen. Er selbst hatte schöne Ideale im Herzen. Er wollte, wie er sagte, die evangelische Kirche beleben. Aber von seinen älteren und jüngeren Kollegen verstand ihn keiner. Er war oft traurig darüber. Dennoch versuchte er allerlei. Er kämpfte gegen die Trunksucht, er wollte nicht an Hochzeiten und anderen Festlichkeiten teilnehmen, bei denen getanzt und getrunken wurde. Er predigte eifrig gegen all diese Missbräuche. Viele schimpften auf ihn, aber die Jugend hatte ihn gern. Da er fleißig in den Filialen arbeitete, verbreiteten seine Gegner das Gerücht, er agitiere für seine Person, er bezwecke damit, dass der Pfarrer, ein alter, oft kränkelnder Herr, um seine Pensionierung nachsuchen solle, damit er selbst dessen Stelle bekomme. Es war alles ganz gemeiner Klatsch; aber der Pfarrer litt darunter, als es ihm zugetragen wurde, und seine Frau machte dem Kaplan Vorwürfe. Um zu beweisen, dass man ihn zu Unrecht verdächtigte, nahm er die ihm angebotene Stelle in einem kleinen, weltabgeschiedenen Dörfchen an. Dort lebte er eine Zeit lang ganz gebrochen in aller Stille, aber sein Gewissen trieb ihn, auch dort in bisheriger Weise zum Wohl seiner Gemeinde zu arbeiten. Es dauerte nicht lange, da hatte er wieder ringsumher Feinde. Da sah er, dass er hier nichts ausrichten könne und ging nach Amerika. Darum denke ich, dass auch Herr Borinsky nicht auf Rosen gebettet sein wird, wenn er deinen Weg betreten würde. Aber, dass ich es nicht vergesse –“

Der Vater stand auf und öffnete seinen Schrank: „Da du am Weihnachtsabend nicht daheim warst, erwartet dich dein Weihnachtsgeschenk hier bei mir. Es scheint mir, du bist für diese häufigen Gänge von Dubova nach M. nicht warm genug gekleidet.“

Damit nahm er einen schönen, warm gefütterten Winterrock mit Pelzkragen und eine Pelzmütze aus dem Schrank und überreichte mir beides. Ich weiß nicht, worüber ich mich mehr freute: über diese schönen Kleidungsstücke, die so leicht und warm waren, oder über diese Liebe meines Vaters. Beides erwärmte mich. Ich küsste den Vater innig zum Dank, was ich sonst nicht zu tun pflegte, und so gekleidet ging ich mit ihm ins Esszimmer, um mich der Familie zu zeigen.

Alle bewunderten die schönen Sachen, besonders die Mütze und den Kragen. Da sah ich zwischen den Fenstern den Weihnachtsbaum, der meiner noch harrte, und die Geschenke, die darunter für mich bereitlagen. Mama hatte mir einen Fotoapparat gekauft, Milinka hatte für mich ein hübsches slowakisches Hemd gestrickt. Ferko hatte mich mit Noten bedacht, die ich mir längst gewünscht hatte, und die Kleinen hatten mir in einer von Milan geschnitzten Schachtel Briefpapier geschenkt, damit ich auch ihnen, wie sie sagten, öfter schreiben möge.

„Und ich habe euch nichts mitgebracht“, sagte ich beschämt. „Nur mich selbst.“

„Und ein Stück Weihnachtsfreude“, sagte Mama. Während sie uns den Kaffee einschenkte, eilte ich davon.

„Ich habe doch etwas“, rief ich von weitem. „Mein Weihnachtssäckchen mit guten Dingen, welches ich mit den anderen Kollegen bei der Weihnachtsbescherung erhalten habe. Und noch etwas! Im Pfarrhaus wollten sie gestern Stephani, meinen Namenstag, feiern. Da ich aber fortfuhr, hat mir die Frau Pfarrer mein Geschenk mitgegeben."

Als wir das Päckchen öffneten, war eine halbe Torte darin. So war ich also doch nicht mit ganz leeren Händen heimgekommen, und meine Geschenke, die die Mama auf Teller verteilte, wurden von allen mit Dank angenommen.

Dann musste ich erzählen, wie ich Weihnachten verlebt hatte. Auch von unserer Schlittenpartie berichtete ich und dabei versprach mein Vater, dass er uns am Nachmittag ausfahren würde, worüber wir Kinder in hellen Jubel ausbrachen; denn so zu fahren wie er versteht kaum ein Zweiter, allerdings gehört dazu auch solch eine herrliche Schlittenbahn, wie wir sie diese Weihnachten hatten.

Nach dem Frühstück ging Mama in die Küche, mein Vater hatte Arbeit und ich ging mit meinen Geschwistern auf den nahe gelegenen Teich, wo sie eine gute Eisbahn bereitet hatten.

Beim Mittagessen erzählte ich, wie ich bei Tante Dubovska lebte und dass wir auch zusammen im Worte Gottes läsen. Plötzlich stand mein Vater auf, und indem er die Bibel vor mich hinlegte, sprach er mit ernstem Lächeln: „Damit dir nichts fehlt, lies uns da, wo ihr gestern aufgehört habt. Auch wir hören gerne zu!"

„Ja, gerne“, bestätigte auch Mama. Ach, wie sehr freute ich mich darüber. Von diesem Moment an fehlte mir wirklich nichts mehr zu Hause, seitdem ich endlich ungehindert von meinem Herrn reden durfte.

Nach dem Mittagessen sang und spielte ich den Kindern unsere schönen Weihnachtslieder. Ich lehrte sie *„Stille Nacht, heilige Nacht“*, *„Ihr Kinderlein, kommet“*, so dass wir es auf unserer Schlittenfahrt schon singen konnten.

Am Abend schilderte ich sehr anschaulich, wie ich unterwegs zwei kleine Paviane gezähmt hatte. Mama konnte nicht aufhören zu lachen, auch Vater lachte laut. Er blickte mich an, als wollte er sagen: „Du bist doch noch immer der Alte“, aber es schien, als ob er seine Freude daran hätte.

Am Abend, als ich schon längere Zeit in meinem Bett lag und alles überdachte, was ich seit dem letzten Jahr erlebt hatte, trat Mama leise ins Zimmer. Sie ordnete dies und jenes, aber als sie sah, dass ich nicht schlief, hielt sie bestürzt inne.

„Du schläfst nicht, Stephan?“

„Nein, Mama, wenn der Mensch zu glücklich ist, lässt ihn auch das Glück nicht schlafen.“ Bittend wies ich auf den Stuhl neben meinem Bett. Sie setzte sich bereitwillig. Dann ergriff sie die Hand, die ich ihr reichte.

„Dass du sehr glücklich bist, sehe ich. Nur möchte ich gerne wissen, worin dies große Glück besteht, worüber du dich so von Herzen freust. Es ist wahr, du stehst im Frühling des Lebens, du bist gesund – und dennoch. Dein Vater hat mir gesagt, wie sehr du deine Mutter geliebt hast und dass du sicher sehr die traurigen Erinnerungen fürchtest und wohl deshalb nicht heimkommen wolltest."

„Nun fürchte ich nichts mehr, Mama!", entgegnete ich voll Überzeugung. „Mein Mütterchen ist beim Herrn Jesus in der Herrlichkeit, ihr geht es dort gut. Wenn sie könnte, würde sie dir sicher dafür danken, dass du gekommen bist, um dich ihrer verlassenen Lieblinge anzunehmen."

Tränen traten in ihre Augen. „Also, es quält dich nicht mehr, dass eine Fremde zur Seite deines Vaters an ihrem Platz steht?"

„Es ist keine Fremde, sondern die Gattin unseres Vaters, die wir lieben und bitten wollen, dass auch sie uns liebe."

„Gerne, Stefko! Die Mutter kann ich euch nicht ersetzen, namentlich dir nicht; aber ich will so für euch sorgen, dass sie dereinst mit mir zufrieden ist. Ich danke dir, du hast mich sehr erfreut, aber ich bitte dich zugleich: Teile auch mir etwas von deinen geistlichen Erfahrungen mit, die dich so glücklich machen."

O wer hätte mir das gesagt, dass ich ihr, gerade ihr, soviel erzählen dürfte, besonders von jenen ersten Stunden in P., wo das Morgenrot der Gnade anfing, über mir und meinen Geschwistern im

Herrn zu scheinen, dass wir gerade auf ihren Wunsch eine gemeinsame Abendandacht einführen würden, wobei auch sie mit uns und für uns betete! Ach, es waren schöne Ferien daheim, wo alles wie neu war. Sie verflogen nur allzu schnell, wie ein schöner Traum, aber sie bilden eine unauslöschliche Erinnerung. Liebe begrüßte mich, Liebe geleitete mich, so dass ich mit einem Herzen voll Liebe in mein neues Heim in Dubova zurückkehrte.

Auf der letzten Station vor M. stieg unser Schmied Prachar zu mir ein. Er begrüßte mich freundlich und erzählte mir, dass es ihnen allen gut ergangen sei, dass sie sich aber freuten, mich nun wieder unter sich zu sehen, und dass namentlich die Kinder es gar nicht erwarten könnten, bis sie wieder zur Schule gehen dürften.

8

Es war so, wie der Mann gesagt hatte. Mit gegenseitiger Freude fingen wir da an, wo wir aufgehört hatten. Sowohl in der Werktags- wie in der Sonntagsschule ging in den ersten Wochen alles vorzüglich. Es kam uns gar nicht der Gedanke, dass im Verborgenen ein Feind lauern könnte, bis er plötzlich aus seiner Höhle hervorsprang und uns überfiel.

Schon in der Weihnachtswoche hatten sich in M. die ersten Fälle einer schweren Grippe gezeigt. Method sah ich nur des Sonntags beim Mittagessen, zu dem mich die Frau Pfarrer mehrmals dabehielt, so viele Begräbnisse hatte er, auch von Kindern. Auch am Donnerstag konnte er nicht zu uns kommen, so dass ich ihm nur flüchtig mitteilen konnte, wie es mir zu Hause ergangen war. Aber jene Krankheit von M. ging auch auf unseren Weiler über. Die Kinder blieben der Schule fern, und jene, die noch da waren, verloren die Lust am Lernen und klagten über Kopf- und Halsschmerzen. Herr Bavra ließ den Arzt rufen, und der machte kurzen Prozess und schloss unsere Schulen.

Ich besuchte meine kleinen Patienten und sorgte dafür, dass sie die richtige Pflege erhielten. Die Eltern waren für meine Besuche dankbar, die Kinder noch mehr. Die Mütter hörten auf meine Anweisungen. Diese Besuche galten auch den Schülern und Schülerinnen Methods, die in Herrn Bavras Klassen gingen.

Eines Tages wollte ich dem Herrn Leiter mitteilen, wie es um zwei seiner kranken Schüler stehe, aber seine Frau ergriff die Flucht vor mir und rief mir zu: „Bringen Sie uns nicht die Ansteckung ins Haus! Sie laufen in alle Häuser zu den Kranken und lesen dort die Bazillen auf, und nun kommen Sie her, um sie bei uns abzuladen."

Natürlich verzichtete ich darauf, meinen Bericht zu erstatten. Da mich aber diese Herzlosigkeit den Kindern gegenüber beleidigte und kränkte, schrieb ich der Dame einen Brief, in dem ich sie höflich bat, sie möge sich nicht fürchten, ihn zu öffnen, da er desinfiziert sei. Ferner erlaubte ich mir, ihr zu erklären, dass ich die Bazillen nicht auflese, da sie nicht auf den Menschen herumkröchen, sondern in der Luft herumflögen, so dass man sich ihrer nicht erwehren könne, selbst wenn man sich hinter vier Türen verschlösse. Das einzige Mittel, das ich auch ihr freundschaftlich empfehlen könne, sei rechtzeitige Luftveränderung. Ich wusste nicht, ob Bavras meinen guten Rat befolgen würden, aber – siehe da, sie gingen wirklich fort, und das Haus wurde so verrammelt, dass wir kaum in unser Versammlungszimmer gelangen konnten, als Method in der nächsten Woche zu uns kam.

Dem Herrn sei Dank, von unseren Kindern starb

keins, so dass wir sogar ein Lob vom Herrn Doktor bekamen.

Nach dieser Versammlung behielten wir jene Eltern, deren Kinder schwer krank waren, aber auch jene, deren Kindern es wieder besser ging, zu einer kurzen Gebetsvereinigung zurück. Danach gingen wir beide zur Tante, um uns durch warmen Kaffee zu erquicken. Während wir bei Tisch saßen und auf den Kaffee warteten, stützte Method plötzlich den Kopf in die Hand. Auf meine Frage, ob er Kopfschmerzen habe, entgegnete er: „Schon seit einer Woche, heute aber besonders. Ich habe eine große Sorge, Stephan."

„Welche, Method?"

„Ich fühle, dass die Krankheit in mir steckt. In der Nacht hatte ich Schüttelfrost. Ich weiß nicht, was ich tun soll. Ich kann mich doch nicht im Pfarrhaus hinlegen und der Frau Pfarrer zur Last fallen, die ohnehin so alt und schwach ist. Das will ich nicht. Sie wird Sorge genug haben, wenn ich die Arbeit aussetzen muss und diese dem Herrn Pfarrer zufällt, noch dazu in dieser Zeit."

„Sorgen Sie sich nicht, Herr Kaplan", beruhigte ihn die Tante, „wenn die Krankheit schon in Ihnen steckt, dann bleiben Sie einfach bei mir. Ich habe nebenan eine Stube, die man gut heizen kann. Wenn Sie tüchtig schwitzen, können wir dem Ärgsten vorbeugen."

Method ging dankbar auf das Anerbieten der

Tante ein. Zwar wollte er erst noch einmal nach M., um dort allerlei zu regeln und der Frau Pfarrer die Sache zu erklären, allein es kam nicht dazu. Kaum hatte er den Kaffee ausgetrunken, da schüttelte ihn das Fieber und wir mussten uns beeilen, ihn in das rasch durchwärmte Bett zu bringen. Hätte er sich früher hingelegt, so wäre die Krankheit vielleicht nicht in diesem Maße bei ihm ausgebrochen. So aber ergriff sie ihn mit aller Gewalt. Als ich aus M. zurückkehrte, kamen der Herr Pfarrer und der Doktor mit. Aber er lag schon in so hohem Fieber, dass er niemanden von uns erkannte. Ach, wie froh war ich, dass die Schule geschlossen war und keine Pflicht mich abhielt, in seiner Pflege bei Tag und Nacht mit der Tante abzuwechseln.

In einer Nacht, als die Reihe der Wache an mir war und mein Patient schlief, versenkte ich mich in mein Neues Testament. Plötzlich sprach er mich an:

„Bitte, Stefko, lies mir etwas vor."

„Du schläfst nicht?" Ich beugte mich schnell über ihn.

„Nicht mehr. Ich habe am Tag viel geschlafen."

„Und wie fühlst du dich?"

„Bitte, sorge dich nicht, lies lieber."

„Was möchtest du hören?"

„Die Geschichte von dem reichen Jüngling nach dem Evangelium des Matthäus ..."

Ich erfüllte seinen Wunsch. In der einsamen Nachtstunde klang diese Geschichte so sonderbar.

„Stefko, das ist mein Bild“, seufzte er, als ich schwieg.

„Warum das deine?“, fragte ich verwundert.

„Jener junge Mann bin ich. Zwar habe ich keine Reichtümer, wie jener, aber auch ich habe mich so bemüht, Gott und die Menschen durch ein tadelloses Leben zu befriedigen. Auch mich zog es einst zu den Füßen des Herrn und er rief mir zu: ‚Verkaufe alles, was du hast, und nimm dein Kreuz auf dich und folge mir nach!‘ Aber das konnte ich nicht, denn ich wollte nicht alles verkaufen, und so ging ich traurig davon. Du wunderst dich? Du denkst vielleicht, ich rede im Fieber? O mir ist nicht heiß, ich fühle mich nur so schwach, als sollte ich mit dieser Nacht vergehen. Aber ich will nicht fortgehen, ohne wenigstens dir alles bekannt zu haben. Setze dich näher, damit du mich verstehst, auch wenn ich leise spreche.“

„Ich will dir zuvor Wasser bringen“, sprach ich mit einer Stimme, die mir selbst fremd klang. Ein jäher, unbegreiflicher Kummer bedrückte mein Herz. Er nahm das Wasser, und als ich mich zu ihm setzte, umschloss er meine Hand mit der seinigen. Dann begann er:

„Auch ich hatte einst mein Pniel, aber ich ging nicht als Israel hervor“, sprach er träumerisch. „In Paris schenkte mir der heilige Gott einen Freund.

Es war ein französischer Pfarrer, der etwa dreißig Jahre zählte. Er war ein bekehrter, wiedergeborener, im wahren Sinn des Wortes geheiligter Mann. Er predigte, was er glaubte, und lebte, was er predigte. Es war ihm sehr viel an meiner Seele gelegen, unter seinem Einfluß wurde mir Jesus Christus herrlich und groß. Er führte mich zu ihm; dass ich ihn nicht als das Lamm Gottes annahm, war nicht seine Schuld. Ich war eben der reiche Jüngling, der mit sich selbst zufrieden war. Freilich sehnte ich mich nach jener Heiligkeit und Gewissheit, die mein Freund besaß, darum kam auch der Augenblick, da ich vor Christus im Staub lag und ihn anflehte, aber er sagte auch mir, wie jenem Jüngling dort, dass ich alles verkaufen und sein Kreuz auf mich nehmen sollte. Und das konnte und wollte ich nicht, darum ging ich traurig fort, nicht nur von ihm, sondern auch von Paris. Diese Traurigkeit begleitete mich nach Hause. Entschlossen, alle Kräfte des Leibes und der Seele in den Dienst der Kirche zu stellen und an ihrem Aufblühen mitzuarbeiten, übernahm ich mein Amt als Kaplan der Gemeinde von M. Ich wollte kein weltflüchtiger Mystiker sein. Mein Volk brauchte alle meine Gaben und Kräfte. Allein der erste, der mir auf meinem Arbeitsfeld begegnete, warst du. Verzeihe, wenn ich dir sage, dass es äußerlich keine größeren Gegensätze gibt als meinen französischen Freund und meinen jungen Landsmann. Trotzdem erkannte ich alsbald, dass ihr beide eines Geistes seid, und seltsam, aber wahr: Die mystische Tiefe jenes feingebildeten, charaktervollen Mannes, jenes Fremden den ich bewunderte und den ich nachahmen wollte, hat mich nicht so überwunden, wie mein frischer, natürlicher, kindlich-einfältiger Bruder im Volke. Ihm konnte ich nicht widerstehen. Dort sah ich Vollkommenheit und dachte: Das ist er – eine einzige Ausnahme. Hier war ein Mann, fast noch Junge, voll jugendlicher Lebhaftigkeit und Unreife – und dabei doch ein reiches, seliges Gotteskind. Einst hörte ich ihn singen:

Seliges Wissen, Jesus ist mein,
köstlichen Frieden bringt es mir ein.
Wer kann so segnen, wer so erfreun?
Keiner als Jesus – Preis ihm allein!

Er hatte wirklich, was er da sang, er hatte es, weil er glaubte. Noch vor wenigen Minuten hatte er die ganze Schule zum Lachen gebracht, und als er nun seine Hefte ordnete und dabei vor sich hinsang:

Laßt mich's erzählen, Jesu zur Ehr:
Wo ist ein Heiland, größer als er?
Wer kann so segnen, wer so erfreun?
Keiner als Jesus – Preis ihm allein!

Da war das völlige Wahrheit. Ja, ihm konnte ich nicht widerstehen. Mit ihm zu leben und nicht zu glauben, dass dieser Gott, der ihm alles gibt, sich auch von mir finden lassen würde, war ausgeschlossen. Darum, als wir dort unter dem Weihnachtsbaum standen und ‚Stille Nacht, heilige Nacht' spielten und sangen, da ging auch mit mir etwas vor, was ich nicht gut in Worte kleiden kann. Ich nahm das Kind, das uns geboren wurde, den Sohn, der uns gegeben ist, im Glauben an. Eine Seligkeit erfüllte mein Herz; aber weil dieses Glück keinen festen Grund hatte, war es auch nicht von Dauer. Das Herz, das nicht alles verkaufen wollte, ging aufs Neue traurig vom Herrn Jesus fort. Diese Traurigkeit wird nichts auf Erden bannen."

Oh, ich fühlte diese tiefe, nagende Traurigkeit, während es in dem Zimmer still wurde.

Ich hielt ihm das Glas an die bleichen, zuckenden Lippen.

„Höre auf, Method", bat ich ängstlich, „du schadest dir."

„Ich habe nicht mehr viel zu sagen, Stefko. Lass mich schließen, es bringt mir Erleichterung, glaube mir!" Ich ließ ihn weiterreden.

„Den letzten Abend des alten Jahres verbrachte ich im Gasthaus von M. Die Familie L. hatte Besuch aus Bukarest bekommen, darunter befand sich auch ein hervorragender rumänischer Journalist. Auch unsere slowakischen Zeitungsschreiber waren eingeladen. Weil aber keiner von der Gesellschaft gut Französisch spricht, hatten sie mich gebeten, als Dolmetscher zu kommen. Der Herr Pfarrer riet mir ab. Er meinte, ich hätte den vergangenen Abend bis Mitternacht mit unserer evangelischen Jugend verbracht, ich hätte am Neujahrstag alle Gottesdienste in der Kirche und am Nachmittag zwei Begräbnisse abzuhalten. Ich solle mich lieber zur Ruhe legen. Aber ich meinte, ich sei jenen Fremden und auch meinen Landsleuten diese Höflichkeit schuldig. Dieser Abend, diese Nacht, die ich in weltlicher Gesellschaft verlebte, wo ich all jene unwahren Lobsprüche und phrasenhaften Komplimente anhören und gegenseitig übersetzen musste, hat mich derartig angegriffen, dass ich als ein tief unglücklicher Mensch in das neue Jahr hinüberging, von dem ich allerdings nicht ahnte, dass es mein letztes sein sollte. Ich weiß schon, was jener Zöllner fühlte, als er in den Tempel ging – aber ich würde dort vergeblich suchen. Zweimal bin ich vom Herrn fortgegangen, er kann mich nicht annehmen, denn ich kann so wenig zurückkehren wie jener junge Mann."

„Wo steht denn geschrieben, dass jener junge Mann nicht zurückkehren durfte?", sagte ich streng. „Du hast diese Geschichte sicher nur nach dem Matthäusevangelium gelesen."

„Oh, ich habe sie auch in den anderen gelesen."

„Auch bei Markus? Dort steht doch: ‚Und Jesus

sah ihn an und liebte ihn.‘ Er, der diesen Jüngling liebte, und der gekommen ist, zu suchen und selig zu machen, was verloren ist, hat diesen Jüngling sicher gesucht und nicht auf ewig verloren gehen lassen. Ich bin überzeugt, dass uns das Wort Gottes noch an zwei anderen Stellen von ihm erzählt.“

„Wo?“ Method setzte sich auf.

„In der Apostelgeschichte, unter jener großen Menge, die am Pfingstfest Buße tat, denn das waren größtenteils Leute, die einst dem Herrn davongelaufen waren und die der Heilige Geist nun durch den Mund des Petrus aufs Neue fand. Und im dritten Kapitel, wo die Reichen ihre Güter verkauften und das Geld zu der Apostel Füßen niederlegten. Unter denen, die bereit waren, ihr Kreuz auf sich zu nehmen, war sicher auch jener reiche Jüngling. O wie gern mag er jetzt gehorcht und alles drangegeben haben! Wenn wir dereinst zum Herrn kommen, will ich einen der Engel dort fragen, wer es ist, und ich hoffe, dass er mir ihn zeigen wird. Warum sollte er auch nicht dort sein? Der Herr Jesus hat seinen Jüngern nicht gesagt, dass die Reichen nicht ins Reich Gottes eingehen würden, nur, dass es ihnen schwerfallen würde, dort einzugehen. Er hat den jungen Mann doch nicht in die äußerste Finsternis geschickt, er hat ihn nur fortgehen lassen. Denn er hält niemanden mit Gewalt fest, aber er tut sicherlich alles, dass der Heilige Geist eine solche Seele wieder zurückbringt.

‚Da wir noch Sünder waren, ist Christus für uns Gottlose gestorben.' Denn er hat uns geliebt, jenen jungen Mann, dich und mich, er hat uns gewaschen durch sein Blut, und du würdest gut tun, ihm endlich einmal von ganzem Herzen dafür zu danken!"

„Ja, ich will ihm danken! O Stefko, Stefko!"

Mit diesem Aufschrei sank Method, von einer tiefen Ohnmacht umfangen, in die Kissen zurück. Die Tante fand ihn leblos und mich bitterlich weinend vor. Es dauerte lange, bevor es uns gelang, ihn so weit zum Leben zu erwecken, dass er endlich atmete. Er lebte, aber er schlief so fest, dass wir furchtsam den Morgen erwarteten und wann er wohl den letzten Atemzug tun würde. Wir beteten ohne Unterlass, dass der Herr ihn erhalten wolle, trotzdem er schon bereit war. Er war im Glauben zurückgekehrt und angenommen worden. Als der Morgen graute, kam unerwartet der Arzt. Er war bei zwei Schwerkranken gewesen und wollte sehen, wie es mit unserem Patienten stünde. „Gott sei Dank", sagte er, nachdem er ihn untersucht hatte. „Die Krankheit ist gebrochen. Ich hatte nicht viel Hoffnung für ihn, besonders wegen der großen Gleichgültigkeit gegen Leben und Tod. Er zeigte keine Energie, wieder gesund zu werden; er muss entweder geistig überarbeitet oder, was bei ihm doch nicht anzunehmen ist, tief unglücklich sein."

O wie wahr war das, mein Kamerad! Aber jetzt bist du glücklich und hilfst uns sehr durch deine Hoffnungs- und Lebensfreudigkeit. Ich kann nicht weiter schreiben, ich muss an die Arbeit eilen, denn gestern ist unsere Schule wieder eröffnet worden, und – dem Herrn sei Dank! – kein Plätzchen ist leer!

9

Es gäbe ja von allen Tagen vieles zu berichten, allein ich muss mich auf das Wichtigste beschränken. Jene schönen, tiefen Gespräche, die Method und ich führten, alle Liebe und Freundlichkeit, die man uns in Dubova erwies, kann ich ja doch nicht beschreiben. So will ich denn lieber zu dem Besuch übergehen, der noch mein ganzes Herz erfüllt, denn er war ebenso unerwartet wie wertvoll.

Ich hatte die Kinder um zehn Uhr hinausgelassen. Ich selbst lief in mein Zimmer, um ein wenig Milch zu trinken, als Mischko Prachar mir im Korridor mit geheimnisvoller Miene mitteilte, dass ein Herr in meinem Zimmer auf mich warte. Wer konnte das sein? Ach, wer beschreibt meine Freude, als ich mich im nächsten Augenblick in der innigen Umarmung meines Vaters befand!

„Vater, du? Unmöglich! Wo kommst du her?"

„Darf ich etwa nicht kommen, um zu sehen, ob mein Junge noch lebt und was er macht?"

„O das ist schön! Aber wo ist dein Wagen?"

„Ich bin zuerst im Pfarrhaus in M. abgestiegen, dann hat uns der Herr Pfarrer mitgenommen, denn er wollte ohnehin nach seinem Patienten sehen."

„Wie, du hast schon Tante Dubovska und meinen Method kennengelernt? Und wer ist außer dir noch gekommen?"

„Auch Mama wollte sehen, wo du wohnst, denn sie ist sehr besorgt, dass du am Ende auch noch erkranken könntest. Krankheit merkt man dir zwar nicht an, aber du bist sehr blass.“

Der Vater umarmte mich abermals und sah mir forschend in die Augen.

„O ich bin, dem Herrn sei Dank, gesund und so glücklich wie ein Kind, das alles bekommt, was es sich erbeten hat. Ich habe dir gesagt, Vater, dass wir uns Method vom Herrn erbitten wollten, und obwohl er fast bis ins Tal der Todesschatten hinein musste, sind unsere Gebete nicht vergeblich gewesen. Er gehört schon dem Herrn!“

„Aber in leiblicher Beziehung hegt der Herr Pfarrer große Sorge um seinen Kaplan, denn dieser bedürfte für wenigstens zwei Wochen der Luftveränderung und einer völligen Ausspannung. Er hat keine nähere Familie, und entferntere Verwandte sind nicht in der Lage, sich seiner anzunehmen. Wir haben ihm unsere Gastfreundlichkeit angeboten, und Mama ist inzwischen dort geblieben, um, bevor ich mit dir zurückkomme, Herrn Borinsky zu überreden, gleich mit uns zu fahren. Bis zum Bahnhof können wir ihn wohl versorgen, denn das Wetter ist heute mild, der Zug ist geheizt und daheim wird uns ein Pelz entgegengesandt. Aber Stefko, was sehe ich? Du hast wohl gar eine Träne im Auge?“, sprach der Vater. Ich hatte ja niemals geweint, höchstens im Verborgenen.

„Wundere dich nicht", sagte ich. „Aber ich hatte so große Sorge um Method, weil er ganz allein steht, und habe den Herrn so sehr gebeten, er möge doch selbst für ihn sorgen, denn es ist heute erst der dritte Tag, dass er aufstehen darf, und er wollte sogleich arbeiten. Wenn er ins Pfarrhaus käme, würde ihn keine Macht der Welt von der Erfüllung seiner Pflichten abhalten können. Dass du, mein Vater, uns zu Hilfe kommen könntest, das habe ich ja nicht geahnt, und das ist eben so schön. Bei uns daheim wird er sicher gesund werden und sich kräftigen, denn es geht nichts über ein warmes Heim."

Der Lärm der Kinder, die ins Schulhaus zurückkehrten, gemahnte mich an meine Pflicht.

Der Vater sagte, ich solle zu meiner Bande gehen; wenn sie sich beruhigt hätte, wolle er uns besuchen. Er kam wirklich. Noch lange sprachen die Kinder davon, wie es gewesen war, als der Vater des Herrn Lehrer sie besucht hätte. Er brachte den Kindern schöne Abziehbildchen mit, die er beim Ordnen seiner Bibliothek in einem alten Kinderbuch gefunden hatte. Sie stammen noch aus der Vorkriegszeit, heute sind sie bei uns nicht mehr erhältlich. Er sagte, der Herr Lehrer habe als Junge sehr gerne abgezogen, er solle es jetzt den Kindern zeigen.

Es braucht ja so wenig, um Kindern Freude zu machen. Voller Jubel eilte die kleine Schar heim, und bald wusste ganz Dubova die für mich so beglückende Neuigkeit, dass mein Vater zu Besuch gekommen sei.

Auf dem Weg zur Tante hatte ich kaum Zeit, nach meinen Geschwistern zu fragen. Method fanden wir in der großen Stube mit Mama sitzen, die uns sehr freudig begrüßte und uns mitteilte, dass es ihr gelungen sei, den Herrn Kaplan zum Mitfahren zu überreden, worüber nicht nur der Herr Pfarrer, sondern auch der gerade anwesende Doktor sehr erfreut war. Wir konnten nur kurze Zeit miteinander plaudern, während der Herr Doktor mit Method im Nebenzimmer sprach. Dann kam die Tante mit der Bitte, ob einige Eltern meiner Schulkinder die Eltern ihres Herrn Lehrers begrüßen dürften. Dieser Beweis der Sympathie erfreute mich zwar, aber ich schlüpfte unterdessen in Methods Zimmer. Als uns der Herr Doktor verlassen hatte und wir allein geblieben waren, sagte Method: „Ich kann gar nicht begreifen, dass deine Eltern mich mitnehmen wollen, aber ich muss gestehen, dass ich mich freue, wenn auch nur für kurze Zeit in der Atmosphäre weilen zu dürfen, in der du, mein Freund, herangewachsen bist. Ich wundere mich beinahe, dass ich gar nicht so sehr die Last der Verbindlichkeit euch gegenüber empfinde. Ich weiß, dass mein Gott es euch dereinst vergelten wird."

„Sicherlich, Method. Es freut mich, dass du gerne zu uns gehst. Bitte, nimm dich unserer Kleinen an! Vielleicht warten ihre Seelen dort auf dich."

„Gott gebe, dass ich meine Schuld dir gegenüber an der verlorenen Menschheit abtragen möge. O dürfte ich damit dort anfangen!“

Was die Bewohner von Dubova inzwischen meinem Vater und Mama von mir erzählt haben, weiß ich nicht. Sie sahen meine Sorge für ihre Kinder durch ein Vergrößerungsglas an, aber ich sah, dass sie meine Eltern beglückt hatten, und das erfreute mich.

So machten wir denn Method reisefertig, und inzwischen kam die Post und brachte mir eine Einladung zur Schulbehörde, so dass wir einige Stationen zusammen reisen konnten.

„Was wollen sie denn dort von dir?!“, fragte Mama besorgt während des Mittagessens.

„Es wird ihnen doch hoffentlich nicht einfallen, Sie zu versetzen?“, sprach der Herr Pfarrer stirnrunzelnd. „Dem müssen wir zuvorkommen.“

Als wir gegen fünf Uhr den Zug bestiegen, brachte mir der Herr Richter von Dubova ein Schreiben mit der Bitte, es bei der Behörde abzugeben, falls es sich um meine Versetzung handele.

„Was immer dich dort erwarten mag, Stephan“, sagte Method beim Abschied, „der Herr wird dir helfen, wir wollen ihn darum bitten.“

Fröhlich und glücklich schieden wir voneinander.

10

Ich war nur ein einziges Mal bei der Schulbehörde gewesen, darum kannte mich außer jenem Schulrat, der mich damals empfangen hatte, keiner der Herren, als ich plötzlich vor ihnen stand.

„Also, Sie sind Herr Martiny?“, fragte mich einer der Herren höflich. Nun, das ist am Ende wahr, dass Sie nicht in jenen entlegenen Weiler passen“, fügte Herr Schulrat K. lächelnd hinzu.

„Am Ende wegen meines neuen Winterrocks?“, gab ich ebenso zurück.

„Nun, man sieht Ihnen allerdings den Hilfslehrer von Dubova nicht an.“

„Bitte, denken Sie nicht, dass ich ihn für die 700 Kc. angeschafft habe, die Sie mir freundlichst zugebracht haben.“

Die Herren lächelten unwillkürlich.

„Es ist ein Weihnachtsgeschenk meines Vaters.“

„Solch charmante Väter, die ihren im Amt stehenden Söhnen noch Kleider kaufen, gibt es nicht viele“, meinte Schulrat R. „Aber um zur Sache zu kommen“, fuhr er ernsthaft fort, „es liegen hier im Blick auf Sie und Dubova zwei Schreiben vor.“

„Zwei? Das ist ein bisschen viel.“

„Zunächst ein Bericht des Herrn Schulinspektors, aus dem wir entnehmen, dass Sie für diesen Weiler zu schade seien usw. Daraufhin hatten wir Ihnen schon eine hübsche Stelle in T. zugedacht, allein da kam ein Schreiben Ihres Schulleiters, Herrn Bavra, und anstatt einer Ernennung waren wir genötigt, Sie vorzuladen, um Ihnen Gelegenheit zu geben, sich zu den fünf Punkten seiner Beschwerde zu äußern."

Ich verbeugte mich und nahm auf dem mir angebotenen Stuhl Platz. Der Herr Schulrat entfaltete einen großen Bogen.

„Die Beschwerde lautet:

1. Dass Sie keine Disziplin in Ihrer Schule haben, dass die Kinder Ihnen bei Ihrer Erklärung ins Wort fallen und Sie berichtigen.

2. Wenn Sie die Kinder um zehn Uhr ins Freie lassen, erlauben Sie ihnen einen Indianerlärm.

3. Benutzen Sie ohne Erlaubnis ein leeres Schulzimmer zu anderen Zwecken.

4. Bei Ihren ostentativen Hausbesuchen missbrauchen Sie Ihren Einfluß auf Eltern und Kinder, um Herrn Leiter Bavra vor diesen herabzusetzen. Dazu besuchen Sie auch Schüler aus seinen Klassen.

5. Haben Sie Frau Bavra durch einen groben Brief beleidigt."

Ich hörte zu und notierte mir diese fünf Punkte in mein Notizbuch. Als Herr R. schwieg, blickte ich zu ihm auf.

„Darf ich auf diese Anklagen antworten?"

„Dazu haben wir Sie gerufen!"

„Erlauben Sie mir daher, mit der letzten zu beginnen?"

„Das ist einerlei!"

„Ich habe den Brief, den ich Frau Bavra geschrieben habe, im Konzept hier; wollen Sie ihn bitte durchlesen!"

Damit reichte ich dem Schulrat das Notizbuch und teilte kurz mit, warum ich den Brief geschrieben hatte. „Ich kam zu Herrn Bavra, um ihm mitzuteilen, dass zwei seiner Schüler schwer erkrankt seien, und ihn zugleich zu bitten, den Kindern, aber auch den Eltern zuliebe dort vorzusprechen. Nach dem Empfang, der mir zuteil wurde, versuchte ich letzteres nicht mehr. In meiner Erbitterung darüber schrieb ich Frau Bavra diesen, wie ich offen zugebe, überflüssigen Brief. Da aber Bavras wirklich gleich abreisten, nahm ich an, dass sie meinen Rat befolgt haben und mir dafür dankbar seien, und statt dessen verklagen sie mich. Der vierte Punkt, dass ich Herrn Bavras Schulkinder absichtlich besucht habe, beruht auf einem Irrtum. Bedenken Sie selbst, meine Herren: In einem Haus lagen zwei meiner Schülerinnen und zwei Schüler Herrn Bavras. Konnte ich da nur die meinigen besuchen? In einer anderen Familie wieder war eine Schülerin aus meiner und zwei Schüler aus seiner Klasse. Konnte ich da die meinen besuchen und die seinigen übergehen? Außerdem hatte mich Herr Borinsky, der Religionslehrer, gebeten, seine Schüler zu besuchen, da er durch ständige Begräbnisse in M. abgehalten war, seiner Pflicht Genüge zu tun. Indem ich die Schüler des Herrn Kaplan besuchte, habe ich mich in keiner Weise gegen Herrn Bavra vergangen. Zu dem Punkt, dass wir ein leeres Klassenzimmer der alten Schule für kirchliche Zwecke verwendet haben, erlaube ich mir zu bemerken, dass Herr Kaplan Borinsky dieses Zimmer beim Inspektorat erbeten hat. Er hätte die Genehmigung gar nicht nötig gehabt, weil die Behörde jenes Gebäude noch nicht von der Kirchengemeinde übernommen hat und es somit rechtmäßig der evangelischen Kirche gehört. Den Verein für junge Leute hat er gegründet und nicht ich. Es ist seine Idee und sein Werk, bei dem ich ihm nur behilflich sein durfte. Somit fällt auch dieser Punkt der Anklage weg.

Die zweite Anklage, dass meine Kinder einen großen Lärm vollführen, wenn ich sie hinauslasse, hat eher Berechtigung, obwohl der Lärm nur einmal gar so arg war, als etwa fünfzig Schritte weiter auch die drei Klassen Herrn Bavras gleichfalls in ihrem Hof spielten. Es ist leicht denkbar, dass meine den Lärm, der dort unten herrschte, noch vermehrten, so dass es wirklich ein Indianerlärm war. Jedoch ist das nur ein einziges Mal vorgekommen, denn auch meine Nerven sind nicht aus Stahl. Darum gehen wir auch gewöhnlich in der Freipause in das nahe Wäldchen. Dort können die Kinder springen und schreien, ohne jemanden zu stören. So bleibt nur der erste Punkt der Beschwerde. Diese kann sich nur auf den Umstand beziehen, dass Herr Leiter Bavra einmal bei mir hospitierte und ich den Kindern in der Naturgeschichtsstunde etwas erzählte, worauf sie mir widersprachen."

„Sie geben also zu, dass Ihnen die Kinder ins Wort fielen und Sie berichtigten?"

„Ja."

„Wie war das?"

„Ich erzählte den Kindern unter anderem, dass der Hase vor seinem Haus saß, dass er den Schwanz am Kopfe angewachsen hatte, um sich damit die Fliegen zu verjagen. Da rief mir der kleine Martin Krisch zu: ‚Aber der Hase hat doch nicht den Schwanz am Kopf angewachsen, er verjagt sich nicht die Fliegen damit!'

‚Wozu hat er denn den Schwanz?', fragte ich ernsthaft.

‚Er sitzt darauf', riefen die Kleinen, und das hat Herr Bavra gehört", fuhr ich fort, ohne das Lachen der Schulräte zu beachten. Dann erinnerte ich mich, dass ich den Kindern erzählte, wie der Frosch sich ein schönes Nest auf einem Baume baute, und als er damit fertig war, setzte er sich hinein und sang. „Das war am Ufer eines Sumpfes. An dem Ufer saß ein Stieglitz, der sprang kopfüber in den Sumpf und begann dort fröhlich zu quaken. Da riefen mir etwa drei Kinder zu, dass die Frösche keine Nester bauen, dass sie auch nicht singen und dass der Stieglitz ertrinken würde, wenn er kopfüber ins Wasser spränge. Nun, das war die gestörte Disziplin."

„Aber ich bitte Sie, warum erzählen Sie den Kindern solchen Unsinn?", runzelte Schulrat R. die Stirn, sich gewaltsam zum Ernst zwingend.

„Ich wollte mich nur überzeugen, ob ich eine Reihe von Marionetten vor mir sitzen habe oder eine Reihe denkender Wesen und ob meine Kinder sich von ihrem Lehrer wirklich jeden Bären aufbinden lassen. Ich habe mich auf diese Weise öfters überzeugt, dass ich keine Krautköpfe vor mir habe, die man ‚dumme Hinterwäldler' nennen darf, sondern lebendiges, bildungsfähiges Material, aus dem man viel Schönes hervorbringen kann. Ich bin überzeugt, meine Herren, dass Sie mir nach reiflicher Überlegung Recht geben werden. Und wenn wir mit dieser Anklage fertig sind, möchte ich Sie bitten: Vertreiben Sie mich nicht von meinen Kindern, schicken Sie uns lieber jemanden hin, der sich selbst davon überzeugen kann, wie lieb wir uns haben!

In der Besorgnis, dass Sie mich versetzen könnten, haben mir die Eltern meiner kleinen Schar diesen Brief mitgegeben. Ich weiß nicht, was er enthält, denn sie gaben ihn mir erst am Bahnhof zu M., aber ich denke mir, dass sie die Herren gleichfalls bitten, ihren Kindern nicht nach so kurzer Zeit einen neuen Lehrer zu geben, da das gleichfalls nicht förderlich ist."

Damit überreichte ich den Herren den Brief. Sie lasen ihn alle. Endlich wandte sich Herr Schulrat R. wieder an mich, dieses Mal mit freundlichem Gesicht, und sagte: „Da die Bewohner von Dubova Ihre Bitte wirklich unterstützen, wollen wir Sie für dieses Schuljahr daselbst belassen, wo Sie sich, wie aus dem Schreiben hervorgeht, große Sympathien erworben haben. Die Eltern haben nämlich auch ein Gutachten des Arztes beigefügt, das den ersten Punkt der Anklage entkräftet. Dem Einfluß und der Disziplin Herrn Lehrer Martinys sei es zu verdanken, dass trotz vereinzelter Grippefälle in Dubova keines der Kinder gestorben ist. – Also wir gratulieren, Herr Lehrer!"

„Aber es wird in Zukunft vielleicht gut sein, wenn Sie die Frösche nicht Nester bauen und singen lassen und wenn der Hase den Schwanz nicht am Kopf angewachsen hat", fügte Schulrat R. hinzu. Lachend schüttelten mir die Herren die Hände.

„Jetzt haben Sie das Recht, Ihre Klagen gegen Herrn Bavra vorzubringen. Tragen Sie ruhig Ihre Beschwerden vor, ja auch Ihr Urteil über ihn!"

„Ich habe keine Klagen, der Herr Schulleiter ist eine schätzenswerte Persönlichkeit, ein musterhafter Lehrer, von dem ich in dieser kurzen Zeit manches lernen konnte. Ich bin ihm für jede Ermahnung dankbar. Unfehlbar ist er nicht, und vor der

Grippe hat er große Angst, das nehme ich ihm durchaus nicht übel, da sie mir letztes Jahr meine teure Mutter geraubt hat und dieses Jahr beinahe meinen Freund mitgenommen hätte. Es ist ein Irrtum von Herrn Schulinspektor, wenn er Ihnen schreibt, dass ich für unseren Ort zu gut sei. Das behaupte ich mit mehr Recht von Herrn Kollegen Bavra. Er fühlt sich in Dubova nicht glücklich, seine Fähigkeiten sind für diesen engbegrenzten Wirkungskreis zu groß. Da er für die bäuerliche Bevölkerung keine sonderlichen Sympathien hat, so weiß er nichts mit ihr anzufangen. Wenn es gestattet ist, so möchte ich mir die Bitte erlauben, ihm jene mir zugedachte Stelle zu verleihen, sofern sie für einen verheirateten Mann geeignet ist, oder für ihn etwas noch Besseres zu finden."

Herr R. schüttelte mir die Hand, die anderen schüttelten die Häupter, und ich war gnädig entlassen. Dankbar gegen meinen Herrn kehrte ich zurück. Die Freude, mit der ich von Klein und Groß empfangen wurde, beschämte mich sehr, denn ich habe mir so viel Liebe durch nichts verdient. Aber sie treibt mich zu größerer Treue meinem Herrn und auch meinem Nächsten gegenüber.

Besonders überraschte mich die Freude des Herrn Pfarrers und seine lieben Worte: „Höre, wenn ich dich ansehe, Stefko, habe ich immer das Gefühl, als ob du mein Enkel wärst. Seitdem ich deinen Vater kennengelernt habe und er mir in meiner

Sorge um den Kaplan wie ein Sohn geholfen hat, will mir das ‚Sie' und ‚Herr Lehrer' gar nicht mehr über die Lippen. Wenn es dich nicht beleidigt, bist du mein Stefko und ich dein Großvater. Einverstanden?"

„Gerne, mein lieber Großvater, wenn ich auch eine Großmutter dazubekomme! Ich habe nämlich mit Großmüttern die Erfahrung gemacht, dass es den Enkeln bei ihnen sehr gut geht."

„Ei, du Schelm! Hörst du, Alte, was er sagt? Willst du ihn adoptieren?"

„Warum nicht, wenn er gehorchen will", lachte die Frau Pfarrer.

Beim Abschied ermahnte mich mein neuer Großvater und sagte: „Dein Vater hat mich gebeten, auf dich Acht zu geben, weil du in deiner Kindheit sehr schwach warst, so dass sie dich mit Mühe großgezogen haben, und weil du dann so schnell gewachsen bist. Er hat Sorge, du könntest dir zuviel Arbeit aufladen, darum sage ich dir, bleibe du nur hübsch bei deinem Leisten! Dein Vater hätte seinem Erstgeborenen gern eine höhere Ausbildung zuteil werden lassen. Er hat eingewilligt, dass du Lehrer wirst, weil es der Wunsch deiner Mutter war und weil er nicht wollte, dass du dich so viele Jahre auf den Schulen quältest. Er wollte deine Gesundheit schützen. Darum bleibe du nur ein guter Lehrer und ein Freund unseres Volkes!"

Ja, mein Herr, mache du mich zu einem guten

Lehrer und hilf mir, den Samen deines Wortes treu in die kleinen Herzen zu säen und die kleinen Köpfchen zu erleuchten, die sich so gern an mich schmiegen!

11

Du wunderschöne Frühlingszeit
mit deinen frischen Trieben,
vertreibst die Nacht des Todes weit –
wer sollte dich nicht lieben?

Etwa ich, dem du das Herz so erfüllt hast, dass es mitunter deiner Macht gar nicht widerstehen kann? War der Frühling, den ich bisher erleben durfte, nicht immer so schön? Ich weiß es nicht; vielleicht war mir früher das Auge dafür verschlossen. Letztes Jahr war es die Trauer über den Verlust der geliebten Mutter, der mich nicht zur Freude kommen ließ. Heute hindert mich nichts, mit Jubel zu begrüßen, wie diese Schnee- und Eismassen sich verloren, wie sie die Bächlein füllten und in Bäche verwandelten, wie in den Wiesen die Schneeglöckchen zu läuten begannen. Die Vöglein singen jubelnd im Chor. An den Weidenbäumen schimmern die zarten Weidenkätzchen, und die Sonnenstrahlen haben die toten Bäume so lange geküsst, bis sie zum Leben erwachten. Nein, es hindert mich nichts mehr, in den stillen Morgen- und Abendstunden, besonders aber mit meinen Kindern den Zauber all dieser Schönheit zu genießen und meinen Schöpfer dafür zu preisen.

Einen Donnerstag Nachmittag benutzten wir zu

einem Ausflug in den Wald, wir bewunderten, wie Sonne und Wind den weißen Schnee zum Schmelzen brachten und in mächtigen Wasserfällen zu Tale trieb. Wir fanden dort ein ganzes Feld von Schneeglöckchen, die wir sammelten. Den folgenden Donnerstag verbrachten wir auf den Wiesen des Tales, wo ich den Kindern zeigte, wie die Bäume ausschlugen und die Wurzeln in der Erde zu treiben begannen. Sie selbst entdeckten allerlei, was schon lebte. Wie leicht war es, ihnen daran das große Geheimnis des neuen Lebens zu erklären. Ich beschrieb den Kindern den Winterschlaf in der Natur, die Wirkung der Sonne und Wärme auf der Erde, das Schmelzen des Schnees und den Wasserreichtum. Ich beschrieb das alles in der kindlichsten Weise, und dann wies ich darauf hin, dass auch unsere Herzen den Winterschlaf des Todes schlafen, bis der Herr Jesus sie erweckt. Er sagt: „Ich will euch ein neues Herz geben!" Es ist dasselbe Herz, das wir zuvor hatten, so wie es dieselben Bäume sind, die im Winter in Todesschlaf versenkt waren, nun aber, wenn sie lebendig werden, blühen und wie neu sind. So ist es auch an uns zu sehen, wenn uns der Heiland ein neues Herz schenkt. Wir sind gleich ordentlicher, gehorsamer, rein und gut, und einst werden wir auch so schön sein wie er.

Ich hatte große Freude, als auf dem Rückweg der kleine Martinko Krisch verstohlen herankam, sein hübsches, rosiges Gesichtchen an meine Hand schmiegte und leise sagte: „Gibt er auch mir ein neues Herz, wenn ich ihn darum bitte?"

„Sicherlich." Ich streichelte seine weiße Stirn.

„Sie haben ihn auch darum gebeten, nicht wahr?"

„Ja, Martinko. Und obwohl ich ein unfolgsamer, ungezogener Junge war, hat er mir dies neue Herz geschenkt."

„Darum also", nickte er mit dem Kopf. Was er dabei dachte, weiß ich nicht, aber es klang so vertrauensvoll und zufrieden.

„Siehst du, dass ich schon besser bin?", fragte ich gespannt. Er nickte ernsthaft.

Beim dritten Ausflug sahen wir schon, wie die Veilchen blühten, aber ich erlaubte nicht, sie zu pflücken. „Sie wachsen noch, wir wollen sie aufblühen lassen, sie würden sonst sterben, bevor sie gelebt haben."

„Wir wollen lieber Gänseblümchen pflücken", meinten die Kinder. Aber als ich sie darauf aufmerksam machte: „Seht, das sind ganze Familien: Vater, Mutter, Jungen und Mädchen, ihr müsst sie alle zusammen nehmen, damit es den Zurückbleibenden nicht bange ist", da ließen die Kinder ihre Hände davon, damit die Blümchen beisammen bleiben könnten.

„Dort auf jener sitzt ein Bienchen", meldete die kleine Judka Prachar. „Es erzählt den Gänseblümchen etwas."

„Vielleicht fragt es: ‚Habt ihr Honig?'“, erklärte ich. „Und sie antworten: ‚Suche nur, Bienlein'!“

„Hört das Bienlein sie, wenn wir doch nichts hören?“

„Sicherlich. Die Geschöpfe Gottes verstehen einander. Wie, das weiß nur der liebe Gott. Seht ihr jenen Käfer, Kinder, wie er läuft? Den haben sie sicher von daheim ausgesandt, damit er etwas bringe oder bestelle. Seht, nun ist er unter der Erde, dort ist wohl der Zugang zu seinem unterirdischen Schloss.“

So und ähnlich unterhielten wir uns über alles, was da lebte und webte, so dass wir von diesen Spaziergängen gar nicht heimkehren wollten. Dass uns dann das Abendbrot und in der Nacht der gute, gesunde Schlaf sehr gut bekamen, ist wohl selbstverständlich.

Aber bei aller Freude hatte ich in den beiden ersten Wochen auch einen Kummer.

Bavras zürnten mir. Der Herr Leiter schickte mir seine Aufträge durch die Kinder, er ließ mich nicht zu sich kommen. Beide wichen mir aus, um mir nicht zu begegnen. Hätte ich ihnen gegenüber nicht ein gutes Gewissen gehabt, würde mich sein Verhalten sehr bekümmert haben. Da ich mir aber bewusst war, dass ich mich in keiner Weise gegen das Gesetz der Liebe versündigt hatte, legte ich diese Sache in Gottes Hände in dem Vertrauen: „Er wird es wohl machen!“

Dafür enthielten die Karten, die von zu Hause kamen, lauter gute Nachrichten. Method erholte sich gut. Es war, wie ich gehofft hatte. Sie hatten sich alle gegenseitig liebgewonnen. Er fühlte sich bei uns wie daheim. Er hatte eingewilligt, vier Wochen zu bleiben, um vollkommen gekräftigt seine Arbeit wieder aufnehmen zu können. Ich bemühte mich, ihn im Jugendverein zu vertreten, und Ioschko ging mir dabei fleißig zur Hand. Obwohl wir ihn nicht ersetzen konnten, ging alles gut.

Tante Dubovska hatte auch viel Arbeit, seitdem das Frühjahr begonnen hatte. Dennoch vernachlässigten wir das Wort Gottes nicht, sondern widmeten ihm jeden freien Augenblick, was uns beiden Gewinn brachte. Sie sorgte mütterlich für mich, und meine neue Großmutter half mir darin. Wenn ich beiden nur besser meinen Dank beweisen könnte!

Ich brachte ihnen mit den Kindern Erde von alten Bäumen, damit sie Blumen und Gemüse anbauen könnten. Ich besorgte ihnen auch Blumentöpfchen und Kistchen mit Aufschriften. Wenn der Mensch will, findet er immer Gelegenheit zu kleinen Diensten. Da ich keine großen tun kann, bitte ich dich, Herr, du wolltest mich die Treue im Kleinen lehren, damit ich die Freude, die mich erfüllt, weitertragen kann.

Dieser Tage erhielt ich die Briefe meiner lieben

Kameraden und Kameradinnen. Wenn ich mich mit ihnen und ihren Leistungen vergleiche, dann bin ich dein armseligster Diener, Herr Jesus, aber ich weiß, dass du mich liebst und mich deinem Bilde ähnlich machen wirst. Ein Stern unterscheidet sich vom anderen an Klarheit, aber auch der kleinste, der an seinem Platz treu leuchtet, erhellt ein Stück Dunkelheit. Einige Male bemächtigte sich meiner solch eine Sehnsucht, zu irgendeinem meiner Kameraden hinzufliegen, aber auch das wird uns der Herr in den Ferien geben. Wir gedenken an einem bestimmten Ort zusammenzutreffen, und dort wollen wir uns mitteilen, wie es war, als unser Leben im Dienst der Menschheit begann.

Endlich, in der dritten Woche nach meiner Rückkehr von der Schulbehörde, überraschte mich Herr Bavra durch seinen Besuch.

Ich legte eilig meine Geige fort und ging ihm entgegen. Der Gruß von seiner Seite fiel wie immer recht kühl aus, der meine war wie gewöhnlich. Er nahm den dargebotenen Platz an und sagte, er wolle mich etwas fragen. Beinahe hätte ich geantwortet, dass ich diesen Besuch seit Wochen erwartete, doch ließ ich es bei einem höflichen „Bitte!“ bewenden.

„Warum haben Sie bei der Schulbehörde für mich Fürsprache eingelegt, damit ich von Dubova versetzt würde?“, fragte er kalt.

„Derjenige, der Ihnen diese Tatsache geschrieben hat, hat Ihnen sicher die Einzelheiten mitgeteilt“, entgegnete ich ruhig.

„War das Politik oder Spott, dass Sie mich dort gelobt haben?“

„Politik? Inwiefern? Ich bin doch nur Aushilfslehrer, welchen Nutzen könnte ich von Ihrem Fortgehen haben? Ich habe die Herren gebeten, Ihnen die mir zugedachte Stelle zu geben, wenn sie für einen Verheirateten geeignet sei. Ich persönlich verspreche mir keinen Nutzen davon. Ein deutsches Sprichwort sagt: ‚Man soll die günstige Gelegenheit beim Schopfe fassen.‘ Indem ich dort so redete, hatte ich lediglich Ihr Interesse im Auge.“

„Aber was gehen Sie überhaupt meine Angelegenheiten an?“

„Da Sie solch eine lange Epistel von Beschwerden über mich schreiben konnten“, lachte ich, „von denen keine einzige begründet war, warum sollte ich dann nicht meine Meinung über Sie abgeben, als ich danach gefragt wurde? Wenn ich mich darin geirrt habe, indem ich annahm, dass Sie sich in Dubova nicht wohl fühlten, weil Sie zu schade für hier seien, dann vergeben Sie mir bitte diesen Irrtum, so wie ich Ihnen die in der Anklage wider mich unterlaufenen Irrtümer verzeihe. Ich weiß, dass es Ihnen sehr schwerfällt, mich zu ertragen, denn wir sind eben sehr verschiedene Naturen. Wenn Sie die angebotene Stelle nicht annehmen wollen, dann wäre es doch schade, uns Monate hindurch aus dem Weg zu gehen, denn eigentlich haben wir einander nichts zuleide getan."

Ich blickte ihn mit Liebe an, denn ich dachte dabei, dass der Herr Jesus ja auch für ihn gestorben ist. Wenn er ihn dereinst annimmt, wird er mein Bruder sein. Langsam schwanden die Wolken von seiner Stirn.

„Und Sie sind mir nicht böse?", brummte er zwischen den Zähnen.

„Nein, aber nicht wahr, Sie mir auch nicht länger?"

„Ich habe keinen Grund."

„Was den Brief anbelangt, den ich an Ihre Gattin schrieb, so war er zwar nicht unhöflich, aber doch überflüssig. Er hat sie verletzt, darum bitte ich Sie, mir die Hand zur Versöhnung zu reichen." Er reichte sie mir.

„Vergeben auch Sie mir die Beschwerde." Wir schüttelten uns herzlich die Hände. Auf seine Aufforderung begleitete ich ihn bis nach Hause, dort entschuldigte ich mich noch bei Frau Bavra. Es war gut so, das Eis war gebrochen. Wir grüßen uns wieder freundlich. Drei Tage später rief mich Frau Bavra selbst herein und zeigte mir die Ernennung ihres Mannes nach T. Ich freute mich aufrichtig mit ihr. Als er eintrat, sagte er, dass ich sie beide in T. besuchen müsse. Er bat mich, ihn am Mittwoch zu vertreten. Ich riet ihm, lieber des Nachts zu fahren, weil er da eine bessere Verbindung habe, und sagte, dass ich ihn dafür gerne am Freitag vertreten wolle. Ja:

Es geht nichts über Liebe,
die Herzen bezwingt,
die, wo eins verschlossen bliebe,
endlich auch da eindringt.

Ich bin wie ein Vöglein, das dem Käfig entronnen ist, seit sie mir nicht mehr zürnen.

Ich komme mir überhaupt vor wie ein Liebling Gottes. Diese unverdiente Gottes- und Menschenliebe, die mir armseligem Menschenkind zuteil wird, demütigt tief, besonders, wenn ich mein Leben in seiner Gegenwart und Vergangenheit mit dem Leben mancher meiner Mitmenschen vergleiche.

So begab ich mich dieser Tage fröhlich nach M. Als ich den Wald verließ, sah ich meinen lieben Freund Ioschko auf einer gefällten Eiche sitzen. Er hatte den Kopf auf beide Hände gestützt. Seine ganze Gestalt drückte tiefe Traurigkeit aus. „Was fehlt ihm nur?“, dachte ich erschrocken. Nachdem ich ihn begrüßt hatte, fragte ich sogleich, ob er zu mir wolle, ob er mir vielleicht eine schlechte Nachricht aus seiner Schule bringe.

„Ich komme zu dir, Stefko“, erwiderte er mit zitternder Stimme; „denn ich kann diese Last nicht mehr länger allein tragen. Zwar kannst du mir auch nicht helfen, aber du kannst doch mit mir beten, und ich bedarf so sehr des Trostes.“

Ich setzte mich neben ihn, und was erfuhr ich da? Nein, was für Tragödien gibt es doch in der Welt! Eine solche teilte mir mein Freund mit Tränen in den Augen mit, indem er vor mir enthüllte, was er bisher vor uns allen verborgen hatte.

Seine Eltern wollen sich nach mehr als zwanzigjähriger Ehe scheiden lassen. Die Hauptschuld trägt wohl die Verschwendungssucht der Mutter, die alles für die beiden heranwachsenden Töchter ausgibt. Aus Verzweiflung darüber hat sich der Vater dem Trunk ergeben. Nachdem die Mutter im letzten Jahr von ihrem Bruder eine größere Summe geerbt hatte, wollte sie sich von dem Mann, der durch seine Trunksucht, wie sie sagte, den Ruin der Familie herbeiführt, scheiden lassen. Um die Töchter zu retten, wollte sie den Mann opfern.

Sich selbst überlassen, würde er moralisch und äußerlich noch tiefer sinken. Vor allem würde er sein Amt verlieren, und der über und über verschuldete Besitz würde verkauft werden.

„O Stefko, wie immer auch mein Vater ist, ich liebe ihn und leide furchtbar darunter“, weinte mein Freund.

„Hast du denn gar keinen Einfluß auf die Mutter?“, fragte ich teilnehmend.

„Sie liebt mich nicht, all ihre Liebe gehört nur meinen Schwestern. Sie liebt mich vor allem deshalb nicht, weil ich stets den Vater verteidigt habe, wenn sie vor uns Kindern schlecht über ihn geredet hat. Glaube mir, Stefko, er war gut, obwohl schwach, er hat sich redlich bemüht, uns zu ernähren. Da es aber nie zu all dem Firlefanz reichte, gibt Mutter mir die Schuld, dass alles für mein Studium draufgegangen sei und die Töchter abgerissen herumgehen müssten. Der Vater halte nur mir die Stange, er sorge nur für mich. Auch die Schulden seien nur meinetwegen gemacht worden. Glaube mir, Stefko, ich habe unter großen Entbehrungen studiert, habe sowohl Unterstützungen bekommen als auch Privatstunden erteilt. Ich kam ganz abgebrannt nach Skalnik, denn von meinem kleinen Gehalt muss ich noch meinen letzten Anzug abzahlen. Mein Weißzeug, das mir niemand ausbesserte, befindet sich in jammervoller Verfassung. Während jener Grippeferien war ich daheim. Mein Vater war die ganze Zeit betrunken, meine Mutter tobte. Als ich die Schwestern bat, mir die Wäsche zu flicken, beschimpften sie mich und sagten, ich hätte ja Gehalt, ich solle mir neue kaufen, sie würden nicht meine Lumpen flicken. Ich kann wirklich mit dem Psalmisten sagen: ‚Wäre der Herr nicht mein Trost gewesen, ich wäre schier vergangen in meinem Jammer.' Ich glaube, dass der Heiland mit mir ist, ich glaube, dass im gemeinsamen Gebet eine Macht liegt, darum bin ich zu dir gekommen."

Nicht weit von uns war ein Felsen, der uns vor den Augen der Menschen verbarg, dort beteten wir. Wir sagten dem Herrn alles, was uns bedrückte. Ich bat den Heiland besonders, er möge den armen Vater meines Freundes vor noch tieferem Fall bewahren. Ach, wie betete Ioschko! Wie flehte er den Herrn unter Tränen an, seinen Vater zu retten! Er klammerte sich in seiner Angst und Trübsal, in seiner traurigen Einsamkeit an den Herrn.

Konnte ich nicht auch meinem Freund in seiner äußeren Verlegenheit helfen? Mir fiel ein, wie meine Lieben daheim mir damals beim Abschied versprochen hatten, sie wollten mich mit neuer Wäsche versorgen, da ich aus vielem herausgewachsen sei. Ich hatte einen Schrank voller Wäsche und konnte Ioschko, der etwas kleiner ist als ich, somit gut aushelfen. Wie dankbar war ich im Stillen, dass ich dem Freund diese äußere Sorge abnehmen durfte, und ich gelobte mir, von nun an mich mehr seiner anzunehmen. Er war mein Bruder in Christo und stand so allein.

Wir lasen dann zusammen im Wort Gottes; es hatte lauter kostbare Verheißungen und Tröstungen für uns. „Fürchte dich nicht, denn ich bin mit dir, weiche nicht, denn ich bin dein Gott. Ich will dich nicht verlassen noch versäumen."

Ich freute mich wirklich sehr, dass der Herr diesen Druck der Hoffnungslosigkeit von Ioschkos Schultern genommen hatte. Er sah seinen Vater nicht mehr im Abgrund, sondern richtete seinen Blick auf Jesus.

Blicke nur auf Jesum, Seele, eil' ihm zu!
Der für dich gelitten, gibt dir Fried' und Ruh!
Er trug deine Schmerzen, alle deine Schuld,
blicke nur auf Jesum, traue seiner Huld!

So stimmten wir an. Fröhlich klangen unsere jungen Stimmen durch den noch kahlen Eichenwald. Wir hatten unsere Last auf stärkere Schultern gelegt. Glücklich langten wir im Pfarrhaus zu M. an, wo meiner eine Arbeit wartete, zu der ich mir Ioschkos Hilfe erbeten hatte. Es galt, die Blumenbeete umzugraben und die Wege neu herzurichten und auszumessen. Wir gingen direkt in den Garten, wo uns Frauen und Mädchen freundlich begrüßten. Sie hatten die Beete bereits umgegraben, so dass wir gleich mit dem Ausmessen beginnen konnten. Ich hatte mir eine tüchtige Hilfe mitgebracht. Ioschkos Onkel war Gärtner. Während seiner Studienzeit hatte er bei ihm gewohnt und ihm oft bei ähnlicher Arbeit geholfen. Er zirkelte schöne Arabesken in den Blumenbeeten, und die Frau Pfarrer war über unsere Leistung sehr erfreut.

„Das haben Sie mir ja hergerichtet wie in einem Park", sagte sie erstaunt.

Als ich ihr Ioschko dann als Fachmann vorstellte, beriet sie sich mit ihm, wie und wo sie die Blumen anpflanzen sollte. Er bat sie, ihm zu erlauben, das Anpflanzen selber besorgen zu dürfen. Wenn er nachmittags nach der Schule von Skalnik herüberkäme, würde es gerade die richtige Zeit sein. Ich ließ die beiden in ihren Verhandlungen allein, denn nicht weit davon sah ich den Herrn Pfarrer bei seinen Bienen. Ich lief zu ihm und fragte, ob sie nicht über den Winter Schaden genommen hätten. Er klagte, dass sie sehr schwach seien und wünschte mehr Sonne für sie. Dann teilte er mir mit, dass Method geschrieben habe, er würde kommende Woche zurückkehren. Ich weiß nicht, wer von uns beiden sich mehr darüber freute. So wechselt hier unten Freude mit Leid ab. Da morgen Donnerstag ist, lud ich Ioschko über Nacht zu mir ein. Er versäumte nichts, und ich konnte dort brüderlich meine Wäsche mit ihm teilen. Ich erklärte ihm, dass ich aus diesen Sachen ja doch herausgewachsen sei. Mama hätte mir in letzter Zeit viel gesandt, aber ich hätte das Neue geschont und nur das Ältere getragen, so dass ich dem mit einem Mal entwachsen sei und neue Wäsche haben müsse.

„Aber Stefko, wie komme ich nur dazu?“, wehrte mein Kamerad tief gerührt ab, „du hast noch einen jüngeren Bruder.“

„Ei, mein Lieber, der ist schon heute stärker als ich, dem werden sie neue Sachen nähen. Mit diesen rechnet daheim niemand. Und dann, lieber Freund, wozu diese Umschweife? Die ersten Christen hatten alle Dinge gemeinsam und teilten ihre Güter unter sich; warum sollten wir da nicht unsere Wäsche teilen? Wenn du mal etwas haben wirst, was ich nicht habe, so kannst du es auch mit mir teilen."

So überredete ich Ioschko, und ich weiß nicht, wer glücklicher war, ich oder er. Wir waren es wohl beide. Als ich mich morgens auf meinem Sofa aufrichtete, stand das Bett leer, aber als ich um 8 Uhr vom Frühstück bei Tante Dubovska heimkehrte, prangte auf meinem Fensterbrett ein schönes Azaleenbäumchen, über und über mit rosa Blüten bedeckt. Daneben lag ein kleiner Zettel mit den Worten: „Die ersten Christen hatte alle Dinge gemeinsam, nimm dieses freundlichst von deinem dankbaren Ioschko."

Ach, mein guter Kamerad! In deinem wirklich armseligen Stübchen war dies der einzige Schmuck gewesen. Den ganzen Winter hattest du dich darauf gefreut, wenn das Bäumchen blühen würde. Gar oft hast du mir erzählt, wie viele Blüten schon aufgegangen seien, und nun, wo es endlich in vollem Schmuck prangt, hast du dich von ihm getrennt? Mich beglückt deine Gabe sehr, ich weiß sie zu schätzen. Du hast mir die einzige Freude deines so freudearmen Lebens geschenkt; mit dem von dir gepflegten Bäumchen gibst du mir ein Stück deines eigenen Wesens, deines Herzens. Wie düster mag es in deinem Zimmer aussehen, wenn diese

Blume am Fenster ihr nicht mehr Farbe und Leben verleiht? Diese Liebe, dieses Opfer bereitete meinem Herzen Schmerz. Was war meine Gabe der deinigen gegenüber? Ich bekomme anderes, besseres dafür und dir ist nichts geblieben; du hast alles hingegeben! Ich stellte mir den Freund vor, wie er sich am frühen Morgen leise aus meiner Stube stahl. Von uns nach Skalnik ist es, auch wenn man die nächsten Fußwege einschlägt, fast eine Stunde Weges.

Beim frühen Morgengrauen holte er seinen Schatz. Während ich draußen meine stille Morgenwache hielt, konnten wir uns nicht begegnen, denn ich ging in den südlichen Teil des Waldes. Er hatte das Fenster offen gelassen, das Bäumchen auf das Fensterbrett gestellt und war bei den Strahlen der aufgehenden Sonne heimwärts geeilt. Arm und doch reich, denn die Liebe Gottes, die durch den Heiligen Geist in seinem Herzen ausgegossen war, ist sein höchster Besitz. Er ahnte gar nicht, mein teurer Freund, wie sehr er durch diese Tat dem Herrn Jesus gleicht, der uns immer und mit jeder Gabe ein Stück seines eigenen Wesens und Lebens gibt.

12

Endlich haben wir unseren Method wieder in unserer Mitte. Er sieht so frisch und gesund und wie um einige Jahre verjüngt aus. Er ist ja nicht mehr der traurige, reiche Jüngling, nachdem er alles für alles gegeben hat.

Ich wusste gar nicht, wie sehr ich mich nach ihm sehnte, besonders aus einem ganz bestimmten Grund, bis ich meine Hand wieder in seine dargebotene Rechte legen durfte und er mich so warm an seine Brust drückte. Jetzt erst erkenne ich, wie sehr er uns gefehlt hat, obwohl wir den Method von heute niemals gekannt hatten. Und werde ich jemals den Brief vergessen, den er mir mitbrachte? Mein lieber Vater schrieb:

„Nun geben wir euch euren Method zurück, von dem wir mit Recht sagen dürfen, dass es unser Method geworden ist, der uns das Heil gebracht hat. Was der Geist Gottes vor Jahren durch Kaplan Zara in meinem Herzen begonnen hat, hat er jetzt durch Method Borinsky vollendet. Dein Vater, mein lieber Sohn, durfte sich selbst und Jesus Christus erkennen. Er durfte die Wahrheit erkennen, und diese Wahrheit hat ihn frei gemacht. Ich danke Gott für das Zeugnis deines Lebens. Es hat den Boden für den kostbaren Samen des Wortes Gottes zubereitet. Leuchte nur treulich so weiter wie bisher, mein Sohn, und der Herr Jesus Christus, den du liebst und den du auch mir so wertvoll gemacht hast, gebe dir die Gnade, noch manche verlangende Seele zu ihm zu führen! Was die Welt sehen muss, wenn sie zum Leben kommen soll, das ist die in Menschen verkörperte Gnade Gottes. Ihr habt uns euren schwachen Freund hergesandt, aber von ihm galt es in Wahrheit: ‚Wenn ich schwach bin, so bin ich stark.' Freue dich mit uns: Mama hat noch früher als ich das Heil mit demütigem, dürstendem Herzen angenommen. Aber sie wird es dir selbst beschreiben. Du kannst dir vorstellen, was das für unser Haus bedeutet, besonders aber für mich, in den Kämpfen, die kommen werden, nicht allein stehen zu müssen, ohne Hindernisse das Wort Gottes lesen und das Vorrecht des gemeinsamen Gebetes haben zu dürfen, in einem Geiste unseren Kindern voranzugehen und sie führen zu dürfen.

Auch sie haben den Herrn in kindlicher Weise liebgewonnen. Wie furchtbar ist der Gedanke, dass wir ihnen jemals ein Anstoß oder Ärgernis sein könnten! Method sagte, dass die Atmosphäre eines Hauses, das von der Liebe Gottes und von der erprobten Gegenwart des Herrn Jesu erfüllt ist, verbunden mit heiliger Ehrfurcht vor seiner Person und seinem Wort, der beste Boden sei, in dem christliche Charaktere heranwachsen könnten, die, wie einst Timotheus, früh anfangen und gut fortfahren, da sie ein sehr gutes Beispiel vor Augen haben.

Denkst du noch daran, mein Sohn, wie du mir gesagt hast, dass ihr euch Method erbitten wolltet? Es ist geschehen, aber keiner von uns beiden ahnte damals, welch weitreichende Bedeutung es für mein zeitliches und ewiges Leben haben würde, wenn er zum Leben erwachen würde."

Als ich diesen Brief las, wusste ich nicht, ob ich vor Freude jubeln oder weinen sollte. Aber diese Freude war für beides zu groß und zu heilig. Ich konnte nur danken und loben, als ich mit meinem Herrn allein war.

Method ist am Mittwoch, dem 25., zu uns zurückgekehrt, aber wir hatten noch keinen Augenblick Zeit füreinander, weder damals noch am Sonntag. Daher schlug er vor, dass wir im Wald von Skalnik zusammenkommen sollten, denn am Montag begannen unsere Ferien, wir versäumten also nichts.

Wir verlebten wirklich herrliche Augenblicke, bevor Ioschko kam, denn Method erzählte mir alles, was ich gerne wissen wollte, aber auch, wie meine Lieben für ihn gesorgt hatten, so dass er den Zauber des Familienlebens gespürt und mit Freuden empfunden hätte, dass er nicht mehr allein sei und dass das Lied recht habe:

Fürchte dich nicht länger, sieh, ich bin mit dir,
das ist meine Leuchte auf dem Wege hier.
Durch die Wolken funkelt der Verheißung Licht:
Siehe, ich bin bei dir und ich verlasse dich nicht!
Nein, niemals allein, nein, niemals allein –
so hat der Herr mir verheißen –
niemals lässt er mich allein.

„So hat vielleicht der verlorene Sohn in den ersten Tagen nach seiner Rückkehr ins Vaterhaus empfunden, wie ich dort bei euch; ist es da ein Wunder, dass mein Mund von Dank überfloss, dass unsere reiche Sprache keine Worte hat, um das auszudrücken, was die Güte und Liebe meines himmlischen Vaters mir geschenkt hat?

Es ist kein Wunder, dass deine Lieben den Herrn liebgewannen, dass sie sich auch nach der Gnade sehnten, die mir Unwürdigem widerfahren ist. Stefko, dein Vater ist ein prächtiger Mensch, ein ganzer Mann. Als er die Wahrheit erkannte, da nahm er sie ganz, ohne alle Kompromisse an. Er steht mit beiden Füßen auf diesem Felsen. Sein Glaube, sein Gehorsam hat mich oft beschämt. Die Deinen sagen, dass sie mir viel schulden, aber glaube mir, ich schulde ihnen nicht weniger. Nicht nur die körperliche Gesundheit und Lebensfreude, auch den festen Felsengrund unter den Füßen, auf den ich mich von nun an in der Arbeit stellen kann, hat mir der Herr in eurem Heim geschenkt."

„Was hältst du von Mama?“, fragte ich nachdenklich.

„Frau Martiny hat sich schon lange nach Licht gesehnt, aber da sie niemanden hatte, der ihr den Weg weisen konnte, wusste sie nicht, wonach sie sich eigentlich sehnte. Sie suchte Befriedigung für diese brennende Unruhe in einer bestimmten, ernsten Lebensaufgabe, die sie bei euch zu finden hoffte, sie suchte den Frieden dort, wo ihn viele unter uns vergeblich suchen: in guten Werken. Welches Glück für sie, dass sie ‚den Schönsten unter den Menschenkindern‘ kennen lernen durfte und dass er die Leere ihres Herzens durch sich selbst ausgefüllt hat. Aber sie hat dir wohl geschrieben?“

„Ja, sie hat geschrieben, aber ich verstehe diesen Brief nicht. Danach hätte ich zu ihrer Rettung gedient?“

„Ja, so ist es. Alle Vorarbeit des Heiligen Geistes war in dieser Seele getan, bevor mein Herr sie bei der Hand nahm und zum Vater hinführte. Dein Besuch zu Hause, deine Briefe, selbst das kurze Gespräch, das ihr bei Tante Dubovska geführt habt, genügte, sie bis zur Grenze des Blutes zu führen, ich durfte ihr nur über jene Grenze hinüberhelfen.“

Kaum hatten wir dem Herrn für seine Gnade gedankt, da sahen wir Ioschko auf uns zueilen. Nachdem wir uns begrüßt hatten, führte er uns an ein liebliches Plätzchen, wo die schöne Frühlingspracht uns umgab. Wir setzten uns auf die Felsblöcke, die er mit einem Teppich bedeckte, damit wir uns nicht erkälteten. Unter den Felsen plätscherte der Bach dahin, über demselben blühten die Weiden und am Ufer eine Menge Veilchen, die noch keine menschliche Hand gepflückt hatte. Am Himmel strahlte die Sonne. Als Method die Schönheit der aufblühenden Natur und das Rauschen des Bächleins bewunderte, sagte Ioschko plötzlich:

„Erlauben Sie, Herr Kaplan, dass Stefko uns erzählt, wie viel Grund zum Danken wir alle drei haben."

„Ich bitte darum", sagte Method, „zuvor aber möchte ich dich bitten, lieber Freund, den Titel beiseite zu lassen. Ich bin zwar älter als ihr beide, aber in der Familie gibt es ja auch ältere und jüngere Brüder. Durch die Gnade des Herrn bin ich schon euer Bruder, darum wollen wir ‚du' sagen."

Während sie das „Du" tauschten, blickte ich in die Wellen des Bächleins. Es fiel mir nicht leicht, das, was Ioschko erwähnt hatte, zu erzählen.

„Erzähle, Stefko!", bat Method. Ihm kann ich keine Bitte abschlagen.

„Willst du dem Herrn nicht die Ehre geben?", fragte Ioschko verwundert.

„Ich hätte lieber Method zugehört, statt über die Begebenheit zu reden, aber dem Herrn will ich gerne die Ehre geben. – Ich habe das erfahren, Method, was wir in dem alten Liede singen:

Wer weiß, wie nahe mir mein Ende!
Hin geht die Zeit, her kommt der Tod.
Wie unvermutet, wie behende
kann kommen meine Todesnot.
Mein Gott, ich bitt' durch Christi Blut:
Mach's nur mit meinem Ende gut!"

„Stefko!", rief Method erschrocken aus und nahm meine Hände in die seinen. „Wie war das?"

„Am Sonntag Judika wollten wir dich vertreten", begann ich. „Ioschko leitete den Gesang, und ich legte einen Abschnitt des Wortes Gottes aus. Wir fühlten, dass der Herr unter uns war. Unter dem Eindruck des Wortes: ‚Wendet euch zu mir, so werdet ihr selig, aller Welt Enden', gingen wir auseinander. Am Montag ließ mich die Müllerin Krisch bitten, sie nach der Schule zu besuchen. Ich ging gerne, denn es schien mir, als wäre sie verweint, als sie mir am Sonntag nach der Stunde die Hand reichte. Meine Ahnung hatte mich nicht getäuscht. Sie erzählte mir, dass sie schon seit der Erkrankung ihrer Kinder beunruhigt gewesen sei und dass sie sich gestern endlich entschlossen hätte, sich zum Herrn Jesus zu bekehren. Zwar glaube sie an ihn als den Heiland der Sünder, aber ich möge ihr doch zeigen, wie sie sich ihn aneignen könne. Ihr könnt euch meine freudige Überraschung vorstellen, aber auch meine Verlegenheit. Aber mein Herr war mit mir gekommen, er gab mir das rechte Wort, er erinnerte mich an passende Bibelstellen. Es dauerte nicht lange, da befand sich diese teure Seele, die er gesucht und gefunden hatte, an seinem liebevollen Herzen. Ich kann euch diese Augenblicke nicht beschreiben, nur ihren Erfolg, damit ihr mit mir den Herrn preist. Sie hatte den Blick zu ihm gewandt, so wie die Israeliten dort in der Wüste, und er hatte sie selig gemacht. Nachdem wir dem Herrn freudig gedankt hatten, trat Müller Krisch ein. Er rief die Frau in einer dringenden Pflicht, aber sie ging nicht fort, ohne ihm zu sagen, dass sie das, wonach sie sich gesehnt, weshalb sie die ganze Nacht angstvoll geweint hatte, schon erlangt habe. Ich sah, dass ihn das erfreute und fragte ihn deshalb, ob auch er diesen entscheidenden Schritt schon getan habe. Er schüttelte verneinend den Kopf. Er bekannte mir, dass er noch Zweifel habe, die ihm im Wege stünden, aber er wolle das Heil suchen, bis er es gefunden habe. Da wurde auch er hinausgerufen, und ich ging mit ihm. Ich habe das Bild der Mühle mit ihrem Wasserfall so gerne. Der Müller und sein Lehrjunge hatten das Rad stillgelegt, um etwas daran in Ordnung zu bringen. Das Wasser brauste und bildete schäumend einen Wirbel. Zu meinen Füßen rauschte das Wasser wie ein mächtiger Chor, aber plötzlich übertönte ein Aufschrei dieses Brausen. Er kam von der anderen Seite des Baches. Dort hatte das Wasser einen Trog mitgerissen, den es dem

Strudel zutrieb, und in diesem Trog saßen drei Kinder: Katschka Vada, Mischko Prachar und Martinko Krisch. Ich wusste, dass der Müller im nächsten Augenblick das Rad herablassen würde, denn er konnte die Kinder nicht sehen, dass der Trog umkippen, die Kinder ins Wasser stürzen würden und der Strudel sie in einem Nu unter das Mühlrad treiben musste. Das alles durchflog in einer Sekunde meinen Sinn. In der nächsten hatte ich Schuhe, Rock und Weste abgeworfen. Ich sprang ins Wasser, ohne zu wissen, wie tief es war. Es reichte mir bis zum Mund; dennoch gelang es mir, den Trog mit den Kindern zu erfassen. Inzwischen hatte die Müllerin durch ihr Geschrei Hilfe herbeigerufen. Zwei Männer zogen den Trog ans Ufer und hoben die beiden älteren Kinder heraus. Als sie schon nach Martinko griffen, entriss sich der leichter gewordene Trog meinen Händen, prallte gegen das Mühlrad, das sich in diesem Augenblick in Bewegung setzte. Der Kleine verlor das Gleichgewicht und fiel kopfüber in den Strudel. Niemals vergesse ich seinen Aufschrei: ‚Herr Lehrer!', mit dem er versank. In den vorhergehenden Augenblicken hatte meine Nähe den Kindern Vertrauen und Mut eingeflößt. Ich ließ den Trog los, und alle Kräfte anspannend, die mir der Schreck nicht geraubt hatte, schwamm ich auf das Kind zu. Ich ergriff es, aber ich fühlte, wenn das Rad nicht still stünde, müsste es uns beide erfassen und zerschmettern. So übergab ich mich ganz dem Herrn. Ich dachte nicht an mich, nur an die verzweifelt jammernde Mutter, denn wir beide würden ja in den Armen Gottes erwachen. In diesem Augenblick stand das Rad still. Ich erhielt einen Schlag, durch den ich das Bewußtsein verlor, so dass ich nicht weiß, was weiter geschah. Martinko hatte ich krampfhaft am Fuß gepackt, so dass sie mir kaum die Hand öffnen konnten, als sie uns beide glücklich ans Ufer gebracht hatten. Im ersten Augenblick dachten sie, dass wir beide tot seien; aber wie ihr seht, bin ich noch am Leben, und auch Martinko läuft fröhlich umher, obwohl der Ärmste viel Wasser hat schlucken müssen. Er hat nicht mal einen Schnupfen bekommen, und ich habe den meinigen durch Schwitzen und Niesen schon überwunden. Wie du mich siehst, Method, sitze ich als ein vom Herrn zum zweiten Mal Geretteter vor dir!“

„Hast du dir wirklich keinen Schaden getan?“, fragte Method ängstlich und zog mich an sich.

„Dem Herrn sei Dank, nein! Ich hatte gestern noch eine tüchtige Beule am Kopf, auch ein paar Schrammen von dem Rad, aber das war auch alles. Dass Tante Dubovska mich in der Nacht von Montag auf Dienstag ordentlich gepflegt hat, darfst du mir glauben. Sogar den Doktor schickten mir die Eltern der geretteten Kinder auf den Hals, wofür ich sie nicht gerade gesegnet habe, denn er hat mich ordentlich gedrückt und gequetscht, aber da er meinem Martinko geholfen hat, bin ich ihm dankbar."

„Und was hat der Arzt gesagt?", fragte mein Freund besorgt.

„Dass sie daheim eben doch Recht haben. Ich erzählte ihm nämlich den Ausspruch: ‚Stefko mag noch so tief springen, er fällt immer, wie die Katze, auf alle vier Pfötchen.' Er wunderte sich sehr, dass mir von dem Mühlrad nichts gebrochen worden ist, weder der Fuß, noch die Rippen, noch die Schulter. Ich wundere mich nicht. Wenn mich der Herr noch länger hier bei euch lassen will, dann hat er eben dafür gesorgt, dass ich ihm weiter dienen kann. Ihm sei die Ehre! Und wenn nur die Kinder gerettet sind, so ist das schon den Einsatz meines Lebens wert."

„Ach, Stefko, wenn die Deinen daheim wüssten, was damals hier vorging, während wir dort so fröhlich die Vorbereitungen zu meiner Abreise trafen! Aber ich wundere mich über dich, dass du von solch einer Sache mit Humor erzählen kannst. Warum verbirgst du vor uns die ganze Tiefe deines liebevollen Herzens? Es ist ja nicht deine Liebe, sondern die seinige in dir."

Ich senkte den Kopf. Method hatte Recht. Wozu verbergen, dass ich diese Kinder bis in den Tod liebe und dass ich über ihre Rettung juble? „Vergib, Method", sagte ich ernst, „ich scherze nicht mehr, ich will dir lieber sagen, was auch Ioschko noch nicht weiß: Alle Zweifel und Schwierigkeiten des Müllers sind in jenen furchtbaren Stunden geschwunden, als es ihm zum Bewusstsein kam, dass er durch das Herablassen des Rades, wenn es sein Nachbar nicht zum Stehen gebracht hätte, sein eigenes Kind und auch mich getötet hätte. Er sah, was beinahe geschehen wäre, und das Entsetzen darüber brachte ihn fast um den Verstand. Heute preist auch er Gottes Gnade für sein Opfer und für unsere Errettung. Und noch etwas. Am Dienstag hat mich Kollege Bavra besucht, um mich darüber zu beruhigen, dass er mich sehr gern vertrete, und seine Frau hat mir eine vorzügliche Mehlspeise geschickt. Sie sandte ein so großes Stück, dass die Hälfte davon zu Martinko wanderte."

„Hast du noch einige so gute Nachrichten?", fragte Method, sich aufrichtend.

„Nein, aber diese sind doch genug?"

„Mehr als genug, mein Bruder. Komm, wir wollen dafür danken!" So dankten wir denn alle drei von ganzem Herzen.

Als wir dann zum Pfarrhaus kamen, wo uns die gute Großmutter, die um den geplanten Ausflug wusste, mit einem guten Frühstück empfing, fragte Method sie vorwurfsvoll, warum sie ihm nicht erzählt habe, was mit mir geschehen sei.

„Er hat mich gebeten, Sie, Herr Kaplan, nicht gleich mit dieser Nachricht zu empfangen", entschuldigte sie sich. „Aber ich habe viel Sorge um ihn, weil er eben sehr leichtsinnig ist. Der Doktor hat gesagt, er möge doch noch einen Tag im Bett bleiben, aber wie kann man ihn da festhalten! Heute, anstatt an dem schulfreien Tag länger zu schlafen, hat er sich diesen Ausflug ausgedacht."

„Aber bestes Großmütterchen, ich dachte eben, dass ich bei Ihnen guten Kaffee bekäme und dass ich Ioschko auch mitbringen dürfe."

„Und statt dessen bekommst du Schelte, du Schelm", lachte der Herr Pfarrer, der soeben aus seiner Studierstube trat. „Bedenken Sie, Herr Bruder, er will mir nicht erlauben, die Sache seinen Eltern zu schreiben."

„Das glaube ich gerne, er will sie nicht erschrekken, aber mich hat er noch nicht zum Schweigen verpflichtet, ich werde es ihnen schwarz auf weiß mitteilen, allerdings muss er mir auch seinen Brief zu lesen geben, damit wir uns nicht irgendwie widersprechen."

Unterdessen trank ich gehorsam zwei Tassen Kaffee aus, dann erst versprach ich, dass ich brav sein wolle. Meine zerknirschten Versprechungen brachten alle zum Lachen. Nach dem Frühstück ging der Herr Pfarrer mit seinem Kaplan ins Studierzimmer, Ioschko und die Frau Pfarrer in den Garten. Er hatte ihr gestern versprochen, allerlei anzupflanzen. Mir wurde befohlen, mich auf das Sofa zu legen. Der Herr Pfarrer gab mir die Zeitung, damit ich lesen könne, was in der Welt draußen vorgeht, Großmütterchen brachte mir ein weiches Kissen unter den Kopf. Ich musste ihr versprechen, bis zu ihrer Rückkehr aus dem Garten auf dem Sofa zu bleiben. Ich tat es unter der Bedingung, dass Azor, ihr Liebling, diese Gunst mit mir teilte. Dieser ist ein kleines weißes Hündchen mit seidigem Fell, spitzen Ohren und sehr lustigen Äuglein. Ich nenne ihn „Bündelchen", denn wenn er auf dem Sofa kauert, gleicht er wirklich einem kleinen Bündel. Ein Weilchen später waren wir allein. „Bündelchen" rollte sich zusammen, ich streckte mich behaglich aus und dachte dabei, dass solch ein gutes, weiches Sofa doch eine herrliche Idee sei, und wer wohl der glückliche Erfinder gewesen ist? Vielleicht war es auch einer, der sich nach einem kühnen Sprung so zerschlagen gefühlt hat, wie ich mich jetzt fühlte. Nicht umsonst hatte mich Doktor H. gewarnt:

„Sagen Sie nicht ‚Hopp!', bevor Sie über den Graben hinüber sind! Wenn Sie nicht durch stilles Liegen dem Blut Zeit lassen, wieder in den richtigen Umlauf zu kommen, dann sollen Sie mal sehen, wie die Füße und die Striemen auf dem Rükken Sie schmerzen werden."

Sie schmerzten mich wirklich gehörig. In den Wald von Skalnik war ich noch gut gelaufen. Von da nach M. war es schon so schlecht gegangen wie nie zuvor. Ich hatte daheim unter unserem riesigen Baum so gerne Mispeln gesammelt, ohne je zu bedenken, wie zerschlagen die Armen waren, wenn sie aus solcher Höhe auf den Boden herabfielen. Zum Glück hatte ihnen das nicht weh getan. Aus diesen philosophischen Betrachtungen riss mich „Bündelchens“ dünnes Gebell.

„Er träumt wohl von stärkeren Gefährten, die ihm entrissen haben, was sein war“, grübelte ich. „Ich will auch lieber träumen, dass die Schmerzen vorbei sind, so wie sie gekommen sind. Möchten sie für mich nicht vergeblich gewesen sein!“

Aus diesem sanften Schlummer schreckten mich Schritte empor. Sie erklangen irgendwo in der Nähe und näherten sich meinem stillen Reich. Es waren Großvater und Method, die zu mir kamen. Als sie merkten, dass ich schlief, hielten sie im Gehen und im Gespräch inne. Ich öffnete rasch die Augen.

„Haben wir dich geweckt?“, fragte Method bedauernd. Er ließ sich auf dem Sofa zu meinen Füßen nieder, Großvater setzte sich in den Lehnstuhl an meinem Kopfende.

„Also, Söhnchen, was gibt es Neues in der Welt?“

„Hören Sie nur, sie dreht sich mit erstaunlicher Geschwindigkeit.“

„Nun, das ist eine alte Neuigkeit, da bringen wir dir neuere Nachrichten. Schulrat N. schreibt mir, er wolle eine Lehrerin nach Dubova versetzen, die eine sehr gute Schule im Flachland gehabt habe, die der Arzt jedoch ins Gebirge sende. Der Herr

Rat erkundigt sich bei mir betreffs der Wohnung in der Schule von Dubova. Er schreibt unter anderem, dass er froh sei, dir solch eine Kollegin nach Dubova zu senden, sie würde wohl kaum eine Beschwerde mit fünf Punkten wider dich erheben. Aber wie hast du dich nur dort bei deiner Behörde benommen, Junge? Er schreibt, sie könnten sich nur mit Lachen an deinen Besuch erinnern, obwohl sie deiner Gesinnung und deinen Grundsätzen im Übrigen alle Achtung zollten. Du hast mir ja gar nicht gesagt, dass sie dich wegen einer Beschwerde vorgeladen hatten, auch nicht, wer sie gegen dich erhoben hatte. Du hast mir nur mitgeteilt, dass der Herr Inspektor dich versetzen wollte."

Ich runzelte unwillkürlich die Stirn. Es war mir nicht lieb, jetzt über die Sache zu sprechen, nachdem alles ausgeglichen war und Bavras vor dem Weggang standen. Aber der Herr Pfarrer erwartete eine Antwort, auch Method blickte mich verwundert an.

„Die Klage, welche vorlag, beruhte auf einem Missverständnis", sagte ich ruhig. „Da ich dasselbe aufklären konnte, wurde sie hinfällig. Nachher gab es nur zwei Möglichkeiten: Entweder Bitterkeit ins Herz einziehen zu lassen und Gleiches mit Gleichem zu vergelten, oder alles ins Grab der Vergessenheit zu versenken und die Blume der Vergebung auf dieses Grab zu pflanzen. Ich habe Letzteres erwählt, darum konnte ich über die Sache nicht weiter reden. Ich bin dem Herrn sehr dankbar, dass er mir half, mit Liebe zu überwinden."

„Stefko, hat Bavra dich verklagt?"

„Er würde es heute nicht mehr tun, Großvater; bitte, erwähne es nicht mehr. Wir fehlen alle mannigfach."

„Gut. Aber wie kam es dann, dass sie unter diesen Umständen Bavras Bitte um Versetzung berücksichtigten und ihm die für dich bestimmte Stelle gaben?"

„Das ist ja gerade meine Genugtuung", sagte ich vergnügt. „Das günstige Zeugnis aus meinem Mund gab den Ausschlag."

„Du hast für ihn gebeten?" Aus Methods Stimme klang Jubel. „Darum schreibt also Schulrat R.: ‚Seinen Grundsätzen alle Ehre!' Aber das erklärt mir noch immer nicht, warum die Herren lachen müssen, sooft sie an dich denken. Das war doch nichts zum Lachen!", bemerkte der Herr Kaplan kopfschüttelnd.

Damit er nicht allzu viel grüble, schilderte ich die Episode aus der Naturgeschichtsstunde und brachte den Herrn Pfarrer so zum Lachen, dass er husten musste.

„Hören Sie nur, Herr Bruder, haben Sie schon solch einen Ausbund gesehen, wie man bei uns sagt?", meinte er, nachdem er sich ein wenig beruhigt hatte. „Der Mensch glaubt mitunter, er habe einen Heiligen vor sich, und im nächsten Augenblick entpuppt sich der alte Schlingel."

„Nun sagt mir bloß, warum ihr so lacht?", sagte die Frau Pfarrer, die soeben mit Ioschko das Zimmer betrat. Ich sprang auf, um ihr besser die Tür zu öffnen, denn sie brachte uns das zweite Frühstück. Das gab eine Überraschung für Bündelchen, der durch meinen jähen Sprung mitten in die Stube rollte, aber er machte sich nichts draus, sondern öffnete vergnügt seine Äuglein.

Nach dem Frühstück begleiteten mich Method und Ioschko nur bis zum Gartentor, denn Herr Bavra, der vom Bahnhof kam, lud mich ein, auf seinem Wagen Platz zu nehmen, so dass ich früher nach Hause, das heißt zu Tante Dubovska, kam. Bavras wollten erst am Montag übersiedeln. Am Sonntag wollten sie in unseren Verein kommen, um Abschied zu nehmen. Ich teilte dem Kollegen mit, dass an seiner Stelle eine Lehrerin ernannt sei. Es war ihm sehr recht, dass die Kinder nicht lange die Schule versäumen mussten.

* * *

In dieser Nacht hatte ich einen schönen Traum. Ich war ziemlich spät eingeschlafen, denn ich konnte lange auf meinem Lager kein gutes Plätzchen finden. Es träumte mir, dass die Sommerferien da waren und dass wir, alle Kollegen und Kolleginnen, in einem entzückenden Tal zwischen Wald und Felsen beisammen saßen. Wir blickten in den aus bewachsenen Felsen gebildeten Engpass. Mit einem Mal schimmerte in diesem ein weißes Kleid. „Sie kommt!“, meldete jemand, und sie kam wirklich, unsere Marinka Lomnitzka. Es war, als ob die Sonnenstrahlen sie trügen. Es war ihre schlanke, mittelgroße Gestalt, ihr zartes weißes Gesicht, ihr kastanienbraunes Haar, das in dichten Flechten über der weißen Stirn ihr Köpfchen umgab, ihr leichter Schritt. Ja, es war wieder jenes liebliche Lächeln, mit dem sie uns damals in P. zum ersten Mal mitgeteilt hatte: „Freunde, ich habe endlich das wahre Licht, das wahre Ideal, das Heil für uns alle gefunden. Meine Seele hat aus dem Brunnen des lebendigen Wassers getrunken. Die Nacht des Zweifels ist für immer dahin, das ewige Licht leuchtet mir schon jetzt. All dies Gute ruht einzig in dem Namen Jesus Christus.“

Ja, so hatte sie damals gelächelt, so hatte sie damals ausgesehen. Mir träumte, dass wir ihr entgegeneilten, dass sie mir die Hand reichte mit den Worten: „Ich komme zu dir, Stefko!“ Plötzlich aber senkten sich Schatten und Nebel über uns herab, und alles entschwand, wie eben ein Traum entschwindet.

Als ich erwachte, dachte ich noch lange an den schönen Traum und dabei an sie, die wirklich als erste aus unserem Kreis das Licht gefunden und es uns allen gebracht hatte. O wie treu hatte sie sich bemüht, einem nach dem anderen zu dienen. Als dann die Gnade Gottes über uns aufging, wie hatte sie sich gefreut, wie hatte sie in den verschiedenen Kämpfen, Schwierigkeiten und Verfolgungen, die sich nun erhoben, uns gestärkt und getröstet! Und dabei ging sie selbst so still und ergeben über die Dornen, als ob dieselben sie nicht schmerzten.

Durch einen unglücklichen Fall war ihre Mutter geistesgestört. Ihr Vater wollte darüber schier verzweifeln, denn er suchte überall Hilfe, nur nicht da, wo sie allein zu finden ist. Aber sie hielt an mit Flehen, bis sie die Hilfe am allerhöchsten Ort erbeten hatte, denn bei Menschen war sie nicht zu finden. Heute waren ihre Eltern an dem sicheren Bergungsort, wo es keinen Schmerz, keine Tränen mehr gibt. Sie hatte sie nicht nur bis zuletzt pflegen, sondern sie auch zu ihrem geliebten Herrn führen dürfen. Sie waren daheim und erwarteten sie im Reich des ewigen Lichtes.

* * *

Am frühen Morgen, als sich meine Seele in die Tiefen des göttlichen Wortes versenkte, durfte ich wieder solch eine schöne Stunde erleben, wie sie der Frühling mit seiner Wärme, seinem Duft und Sonnenschein bringt. Aber als ich mich dann zum Frühstück begab, da war es mir wie einem jungen

Falken, dem man die Flügel verletzt hat und der aus den Höhen in die Tiefe hinabsinkt und fühlt, dass er sich nicht mehr zur Sonne erheben kann. Meine Füße schmerzten mich so, dass ich nur mit Mühe zur Tante gelangte und dankbar ihren guten Rat annahm, obwohl mir das zuerst schwerfiel. Wie war es möglich, dass ich morgen nicht zur Kirche gehen sollte, um Methods erste Predigt am anderen Ufer des Lebens anzuhören? Es war nur gut, dass die Tante gehen und mich in ihrer ruhigen Art im Pfarrhaus entschuldigen wollte, damit sie sich dort nicht unnötig um mich sorgten. Ich wollte inzwischen hierbleiben und Briefe schreiben. – Dem Herrn sei Dank, dass er bei mir blieb und meine Gebete erhörte, so dass ich weder die Sonntagsschule noch den Verein versäumen musste. Es ging zwar sehr mühsam, aber es ging. Herr Bavra kam wirklich in den Verein und verabschiedete sich herzlich von allen. Auch Frau Bavra reichte allen Frauen die Hand. Ich freue mich, dass auf keiner Seite eine bittere Wurzel zurückbleiben wird. Möchte ich der neuen Mitarbeiterin, wenn sie kommt, besser leuchten, als ich Bavras geleuchtet habe!

13

Es ist Montag. Bavras sind schon fort, und fleißige Frauenhände reinigen die Schule und die Wohnung von innen und außen.

Ich hatte unsere Frauen im Verein gebeten, sich der Sache anzunehmen, obwohl sie vor dem Fest daheim viel Arbeit haben. Sie versprachen es gerne, nur ich kann und darf ihnen dabei nicht helfen, denn Großvater hat noch am Montag den Arzt geschickt, und der hat mich ins „Gefängnis" eingesperrt, aber auf Tante Dubovskas Fürsprache bin ich bei ihr. Mehr kann ich heute nicht schreiben, denn ich bin ganz verbunden, nur gerade die Hände habe ich frei.

* * *

Dass ich von Sonntag bis Mittwoch auf Rosen gebettet gewesen wäre, kann ich nicht behaupten. Es waren Tage und Nächte, wie sie uns nicht gefallen. Obwohl ich von Kind auf schwach bin, habe ich doch noch niemals Krankheit oder Schmerzen im eigentlichen Sinn des Wortes kennengelernt. Dafür stürzten sie sich jetzt auf mich. Jetzt, wo das Schlimmste vorüber ist, erscheint es mir wie ein banger Traum. Dennoch möchte ich diese Tage und Nächte nicht missen, und es ist mir sehr wertvoll, dass ich sie in der Karwoche verleben durfte. Am Palmsonntag war es mir, als ich nachts erwachte, eine wahre Wohltat, dass ich mich nicht in meinem kalten Zimmer, sondern in dem warmen Stübchen der Tante befand, das mir schon deshalb so wert ist, weil Method hier körperlich und geistlich zum neuen Leben kam. Ich erwachte unter heftigen Schmerzen, die sich so steigerten, dass es mir heiß und kalt wurde. Das Bewusstsein, dass die Tante im Nebenzimmer sei und ich nicht ganz allein in meinem Zimmer lag, war mir eine große Beruhigung. Ich bemühte mich, alles still zu ertragen, und durchlebte einige unbeschreibliche Stunden, aber ich erfuhr auch, dass der größte Schmerz seine Macht verliert, wenn er still ertragen wird. Aber auch das ist eine Kunst, die der Mensch ebenso lernen kann und muss wie andere schwere Künste, und es ist gut, wenn er darin ein großes Vorbild hat. Und ich hatte solch ein herrliches Vorbild; war es doch die Karwoche! Ich rief mir ins Bewusstsein, dass der Herr für mich auch körperlich gelitten hat, dass auch ihm Hände und Füße, ja alle Glieder geschmerzt, dass kalter Schweiß seine Stirn bedeckt hatte. Auch ihm hatte mitunter das Herz so gewaltsam geklopft und der Atem gestockt wie mir. Ich musste mir durch ein lautes Stöhnen Luft machen, denn mir war, als müsste ich ersticken. Ohne es zu wollen, lockte ich die Tante herbei, die nicht schlief. Ach, welch eine Wohltat war das, dass sie bis zum Morgen bei mir blieb! Sie versuchte allerlei, um mir Erleichterung zu verschaffen; aber das, was mir am meisten half, war ihre Gegenwart. Sie hat solch eine ruhige Art zu gehen, sich zu bewegen, solch eine gute, mütterliche Stimme! Dabei ihr stilles, einfältiges Vertrauen auf die Hilfe Gottes! Der Herr vergelte ihr all das Gute, das sie an mir getan hat, dass sie mir geholfen hat, diese Nacht zu verleben. Am Morgen war sie über die Ankunft des Herrn Doktors sehr erfreut. Dieser nahm mich ordentlich in die Arbeit. Er sagte, wir müssten alles tun, damit ich tüchtig schwitze.

So verging der Montag, der Dienstag desgleichen, und das trockene Fieber wollte nicht weichen. Die Schmerzen, schon nachgelassen, kehrten wieder. Ach, ich bereitete allen viel Sorge, nicht nur Method, den Großeltern, der Tante, dem Doktor, sondern auch den Familien meiner lieben, geretteten Kinder. Wäre diese Not nicht über mich gekommen, ich hätte nie erfahren, wie lieb sie mich alle haben, besonders der Großvater. Er saß am Mittwoch Nachmittag so sorgenvoll an meinem Bett.

„Ach, mein Junge“, sprach er bekümmert, „wärest du nur nicht in das kalte Wasser gesprungen!“

„Aber Großvater, wärst du in meinem Alter und an meiner Stelle gewesen, du hättest sicher dasselbe getan!“

„Kaum, denn ich habe niemals schwimmen können. Und dann hätte ich etwas von dem haben müssen, was du hast. Und das fehlt mir."

„Aber wie es auch jetzt mit mir steht", erwiderte ich sanft, „und wie leid es mir auch tut, euch so viel Mühe und Sorge zu bereiten, ich möchte diese Tage nicht missen."

„Wie, du möchtest diese Schmerzen nicht missen?"

„Gerade sie nicht, und der Umstand, dass sie in der Karwoche über mich gekommen sind. Nun kann ich mir endlich vergegenwärtigen und ein wenig begreifen, was meine Errettung den Sohn Gottes gekostet hat, in welch ein Meer von Leiden, das sich über ihm schloss und ihn tötete, er freiwillig für mich gegangen ist. So sehr sind wir geliebt worden, Großvater, du und ich, so teuer sind wir erkauft! Wenn meine Schmerzen auch groß sind, so sind sie doch nicht mit den seinigen zu vergleichen, schon darum nicht, weil eure Liebe sie mir so zu versüßen sucht. Mir werden immer wieder die Kompressen und die Kissen gewechselt – ihn hinderte die Dornenkrone, sein Haupt auch nur an das harte Holz anzulehnen. Aber in einem verstehe ich ihn schon. Nicht die Nägel, seine Liebe zu mir war es, die ihn am Kreuz festhielt; denn es gab keine andere Rettung für uns als nur seinen Tod. Glaube mir, Großvater, selbst wenn ich in dieser Krankheit sterbe, so tut es mir doch um mein Leben nicht leid; ich leide gerne, wenn nur die

Kinder gerettet sind. Ich habe in diesen Tagen für Zeit und Ewigkeit viel lernen dürfen."

„Ich wohl noch mehr." Großvater senkte den Kopf, in dem Zimmer wurde es still. Ich fühlte, dass ich diese heiligen Augenblicke durch kein Wort stören dürfe. Als dann nach einem Weilchen Großvater mir das Glas mit Wasser reichte, bat ich ihn, den Rest desselben auf mein Azaleenbäumchen zu gießen, das in voller Blütenpracht auf einem Tischchen bei meinem Bett steht. Um ihn ein wenig von seinem Kummer um mich abzulenken, begann ich Großvater zu erzählen, warum mir das Bäumchen so teuer ist. Ich erzählte ihm auch das traurige Schicksal meines Ioschko, denn der Arme hat böse Ferien. Er hat die Nachricht bekommen, dass sein Vater von einem Auto verletzt worden sei, und ist ins Krankenhaus gefahren, um ihn zu besuchen.

„Der arme Junge", seufzte Großvater; „gut, dass du es mir gesagt hast. Vielleicht kann ich ihm doch ein wenig helfen. Aber was hat das mit dieser Blume zu tun?"

Ich erzählte, wie Ioschko mir seine Dankbarkeit bewies, indem er mir dieses Bäumchen schenkte, das seine einzige Freude gewesen war, in das er ein Stück seines Lebens hineingelegt, wie er mir damit sich selbst geschenkt habe. Während ich so von Ioschkos Liebe sprach, traten Großvater Tränen in die Augen. Er blickte mich ein Weilchen mit seltsamem Blick an. Er legte mir die Hand auf die Stirn, als ob er mich segnen wolle. Plötzlich überkam mich solch eine merkwürdige Schwäche, es war, als schwänden mir die Sinne.

„Auch du bist solch ein Azaleenbäumchen, du Frühlingskind", hörte ich irgendwo wie aus weiter Ferne. Dazwischen brauste Wasser in meinen Ohren, aber es war nicht kalt, sondern warm, und ich durfte mich ganz darein versenken. Es war mir dabei so seltsam, aber so wohl zumute. Irgendwo am anderen Ufer standen Leute, aber das war erst nach langer Zeit. „Er ertrinkt!", riefen die einen, und eine andere Stimme rief sehr freudig: „Gott sei Dank!" Es war ein tiefer, dumpfer Schlaf, der mich nach den vielen schlaflosen Nächten umfing. Ich wusste zwar, dass liebe Hände sich um mich bemühten, dass sie mir angenehm kühlend das Gesicht wuschen, dass sie mir den drückenden Verband abnahmen, so dass meine Brust frei atmen konnte. Ich bekam frische Wäsche und Bettzeug. Ja, diese Hände der Liebe betteten mich um, aber es war mir nicht möglich, zum vollen Bewußtsein zu erwachen. Sie gaben mir auch Wasser zu trinken, das mich erquickte, auch starke Suppe flößten sie mir ein, und ich dankte nicht einmal, ich wollte nichts anderes als schlafen, schlafen. Das war eine Wohltat, als man mich endlich allein ließ und ich nichts anderes fühlte als die warme Frühlingsluft, die so lind und balsamisch meine Stirn umwehte. Plötzlich war es, als kehre mein Geist aus weiter Ferne zurück.

„Wo bin ich?", rief ich aus. „Was ist mit mir, und was fehlt mir noch? Es ist mir ja so wohl, wo ist meine Schwäche geblieben?" Jemand legte mir gerade seinen Arm unter den Rücken, lehnte meinen Kopf an seine Brust, und mir tat das gar nicht weh. Es war jemand, der mich lieb hat. Ich fühlte, wie er mir das Haar aus der Stirn strich und mich küsste.

Gewaltsam zwang ich die verschlafenen Lider, sich endlich zu heben. Ach ja, er war es wirklich. „Vater, mein teurer Vater, du bist schon gekommen?", jubelte ich.

„Schon, Liebling? Spät genug!" Diese Stimme, in der die Selbstvorwürfe nachzitterten, brachte mich völlig zur Besinnung. Oh, das war eine gegenseitige Freude! Es folgte eine kurze Aufklärung.

Auf meinen Brief hatte Vater telegrafisch bei Method angefragt, dieser hatte ihm der Wahrheit gemäß geantwortet, und mein Vater war gekommen.

Dem Herrn sei Dank, zur rechten Zeit, um aus dem Munde des Arztes zu hören, dass die Gefahr vorüber sei. Mein Vater fragte mich nichts, er wusste durch die anderen alles, vielleicht mehr als nötig war. Dafür durfte ich nach allen fragen, und was er mir von sich selbst und den Lieben daheim erzählte, erfüllte mein Herz mit tiefem Glück und Dank gegen den Herrn. Ziemlich bald störte uns die Tante. Sie brachte mir ein ausgezeichnetes Frühstück und offenbar auch den Appetit dazu. Method öffnete ihr die Tür. Dann kniete er bei meinem Bett und führte mir die Tasse zum Mund, dabei strahlten seine Augen vor Freude.

„Wie freue ich mich, Herr Martiny, dass Sie nicht früher kommen konnten", sagte er zu meinem Vater voll kindlicher Liebe.

„Ich bin nur zur Freude gekommen", bezeugte mein Vater, „dafür habe ich jetzt auch nicht das mindeste Verdienst an der Genesung meines Sohnes."

„Sie hätten nichts für ihn tun können, Herr Martiny, wir alle standen, besonders gestern, rat- und machtlos um ihn her. Es blieb uns nur das Psalmwort: ‚Ich hebe meine Augen auf zu den Bergen, von welchen mir Hilfe kommt'."

„Das habe auch ich mir unterwegs wiederholt. Aber, mein Sohn, fühlst du wirklich keine Schmerzen?"

„Nein, Vater, es scheint mir, als sei das alles ein banger Traum, aus dem mich der Herr erweckt hat. Ach, das war ein Erwachen! Ein solches werden wir erst dort erleben, wenn der Traum des Todes vorbei ist und wir uns in den Armen des himmlischen Vaters finden werden."

Wir baten Method, uns noch einige Worte dieses Psalms auszulegen und mit uns zu beten. Dann musste er gehen, denn es wartete viel Arbeit auf ihn. Es war Gründonnerstag, bei uns Konfirmationstag. Mein Vater ging mit ihm, um sich im Pfarrhaus anzumelden. Die Tante ließ mir nur noch den Doktor herein. Ich bat ihn, mir jetzt zu sagen, was er eigentlich für mich befürchtet hatte.

„Ja, mein lieber Herr Martiny", erwiderte er stirnrunzelnd, „wenn es uns nicht gelungen wäre, Sie zum Schwitzen zu bringen, dann hätte Sie entweder ein langwieriger Gelenkrheumatismus erwartet, oder der Rheumatismus hätte sich aufs Herz geschlagen, das ohnehin nicht fest ist, und hätte Sie mitgenommen, denn Sie sind ein schwacher Held."

„So?", sagte ich kopfschüttelnd. „Da hatte also Gevatter Tod die Absicht, entweder den silbernen Strick stückweise abzureißen oder das goldene Gefäß auf einmal zu zerschlagen? Zum Glück ist noch ein anderer da, der den Schlüssel zum Totenreich hat, der ließ seinen Südwind über mir wehen, so dass ich tüchtig zu schwitzen begann."

„Sie überlassen uns Doktoren offenbar sehr wenig Macht über den Menschen mit seinen Krankheiten. Für Sie existiert, wie ich sehe, nur ein Arzt."

„Da haben Sie Recht, Herr Doktor. Wenn er nicht wäre, bedenken Sie nur, wer würde den Ärzten helfen, wenn eine Epidemie über die Doktoren käme?"

„Mit Ihnen ist nicht zu reden", lachte er.

„Nur in dieser einen Sache, im Übrigen habe ich

Sie sehr gern, Herr Doktor, und ich danke Ihnen auch herzlich für alles, was Sie für mich getan haben. Das werde ich Ihnen freilich niemals vergessen, wie Sie mich gedrückt haben."

„Jetzt bekennen Sie, dass Sie mein Drücken gespürt haben, damals haben Sie nicht einmal gestöhnt."

„Wozu? Es hätte mir ja doch nichts geholfen. Nachdem man mich Ihnen ausgeliefert hatte, war ich verloren."

„Erlauben Sie mir eine Frage: Wer hat Sie mir ausgeliefert? War es nicht der Herr Pfarrer, der Sie wie ein Vater liebt, und der Herr Kaplan, Ihr treuer, persönlicher Freund?"

Ich senkte die Augen, und als ich sie nach einer Weile wieder aufhob, hafteten sie mit einem bittenden Blick auf dem Gesicht des Arztes. Ich sagte: „Noch einer, der mich liebt, hat mich Ihnen ausgeliefert. Er wußte, dass er mich in die besten Hände legte. Bitte, entschuldigen Sie diesen unpassenden Scherz. Großvater nennt mich am liebsten ‚mein Junge': Vor Ihnen liegt ein großer Junge, der vor Freude nicht weiß, was er anfangen soll, weil Sie ihn von seiner Krankheit geheilt haben."

„Sie brauchen sich nicht zu entschuldigen", sagte er, „ich glaube Ihnen gern. Erlauben Sie lieber, dass ich Ihnen sage, was Sie vorläufig dürfen und was Sie nicht dürfen. Sie brauchen frische Luft und Sonne, um sich zu kräftigen. Hüten Sie sich vor

Feuchtigkeit! Sie werden nicht soviel herumlaufen können, wie Sie gewöhnt sind. Auch auf die Bäume dürfen Sie in diesem Jahr nicht mehr klettern. Sie müssen tüchtig essen, besonders Milch trinken, später Obst, das gute Brot der Tante, mit Honig, den Ihnen der Herr Pfarrer schicken will."

„Ich danke Ihnen, Herr Doktor, ich will mich gehorsam Ihren Anordnungen fügen. Aber darf ich morgen zur Kirche?"

„Nein, Herr Martiny, dort ist es zu kalt, besonders für die Füße."

„Auch an den Feiertagen nicht?"

„Je nachdem, wie das Wetter sein wird. Im günstigsten Falle einmal. Ich weiß, dass Sie uns keine Sorgen machen wollen. Sie haben mit beispielloser Geduld die ganze Last der Krankheit ertragen, so tragen Sie auch die natürlichen Folgen, damit Sie bald wieder zu Ihren Kindern zurückkehren können, die das gar nicht erwarten können. Wenn ich Ihnen alles erzählen würde, was ich höre, würden Sie stolz werden, und das wäre schade."

„Glauben Sie mir, Herr Doktor, ich will alles tun und ertragen, wenn ich recht bald wieder zu meinen Kindern darf. Sie sehnen sich nach mir, und doch bin ich schuld daran, dass sie am Ostermontag nicht ihren Ausflug haben werden, auf den wir uns so sehr gefreut haben, denn mich kann dabei niemand vertreten."

„Die Kinder würden ohne Sie auch nicht gehen.

Ich habe einen Vorschlag: Wenn die Sonne schön scheint, lassen Sie Ihr Sofa vor die Schule hinaustragen, legen Sie sich warm zugedeckt darauf, der Rasen ist dort schon schön. Die Eltern sollen dafür sorgen, dass die Kinder nicht direkt auf dem noch feuchten Rasen sitzen müssen. Sie werden sehen, Ihre Kinder werden den Ausflug gerne verschmerzen, wenn Sie ihnen eine Geschichte erzählen oder sich sonst irgendwie mit ihnen unterhalten werden. Also, Sie werden die Sache schon irgendwie einrichten!“

Das war ein guter Rat! Ich musste darüber nachdenken, als der Herr Doktor fort war. Aber ich blieb nicht lange allein, denn plötzlich öffnete sich die Tür und in ihr stand Ioschko. Ach, das war eine Freude!

Ein Weilchen später saß er bei mir und teilte mir mit, dass sein Vater wohl Verletzungen erlitten, aber keinen ernstlichen Schaden genommen habe.

„Er hat mir unter Tränen gelobt, das Trinken zu lassen“, berichtete Ioschko bewegt. „Er hörte mein Zeugnis willig an und war für meine Liebe dankbar. Wenn er nach den Feiertagen das Krankenhaus verlässt, kommt er zu mir, um sich zu erholen. Sein Amt wird er wohl verlieren, er bekommt dann nur eine geringe Pension, aber der Herr wird uns beistehen.“

Ich versicherte dem Freund warm, dass auch ich in diesem Unfall das Eingreifen des Herrn sehe. Er hat seinen Vater in Gnaden vor einem vorzeitigen Ende bewahrt, um ihm noch Zeit zu geben, das ewige Leben zu suchen. Nachdem wir dem Herrn gemeinsam gedankt hatten, teilte ich meinem Freund den Plan des Herrn Doktors mit. Er bestätigte mir, dass dieser sich schon verwirklichen lasse, wenn der Herr uns schönes Wetter geben würde. Er bat mich, über die Ostertage bei mir bleiben zu dürfen, damit er mir ein wenig helfen könne. Als ich ihm meine Enttäuschung klagte, dass ich an den Gottesdiensten nicht teilnehmen dürfe, oder höchstens nur einmal, wenn das Wetter wärmer würde, meinte er, er wolle den Herrn Pfarrer bitten, mich in der Sakristei sitzen zu lassen, die einen gedielten Fußboden hat. Dort könne ich in meinem Winterrock sitzen, und der Herr Pfarrer könne mir seinen Fußsack aus Pelz leihen, den er auf Wagenfahrten benutzt. Ach, ein Stück Frühling hatte mir die Unternehmungslust meines Freundes gebracht. Auch ein Stück Freiheit. Ich behielt ihn so gerne bei mir, denn vor ihm konnte ich mich auch einmal ein wenig gehen lassen; von ihm bedient zu werden, war mir nicht so peinlich. Er kleidete mich bereitwillig an, denn der Herr Doktor hatte mir geraten, für 2-3 Stunden aufzustehen. Er trug mir das Tischchen ans Fenster, legte mir Papier und Feder zurecht, so dass ich mein Tagebuch schreiben konnte. Dann überraschten wir die Tante durch unseren Besuch. Sie gab uns bald das Mittagessen und räumte inzwischen mein Zimmer auf. Seitdem sich Ioschko mit einem „Auf Wiedersehen!“ von mir verabschiedet hat, sitze ich hier und schreibe. Nun bin ich, dem Herrn sei Dank, fertig und das ist gut, denn ich höre die Stimmen von Vater, Großvater und Method. Wir werden uns gegenseitig erfreuen.

14

Nun liegt das schöne Osterfest schon wieder hinter mir. Es ließe sich viel darüber berichten, aber ich will nur das Schönste hervorheben. Den Karfreitag verbrachte ich in wohltuender Stille und Einsamkeit, denn ich hatte mir ausgebeten, dass mir zuliebe keiner den Gottesdienst versäumen sollte. Ich verlebte köstliche Stunden der Gemeinschaft mit meinem Herrn. Mose wurde einst gesagt: „Ziehe deine Schuhe aus, denn der Ort, darauf du stehst, ist heiliges Land." Heilig durch die Gegenwart dessen, der in dem brennenden Busch sich ihm offenbarte. Auch ich stand auf heiligem Boden, denn der Herr war mir so nahe und öffnete mir die Augen, dass ich in die Tiefen seines Wortes blicken konnte. Am Nachmittag, als mein teurer Vater kam, gingen wir zusammen in mein Zimmer und verlebten dort ungestörte Augenblicke des Glücks. Er hatte die Absicht, morgen zur Schulbehörde zu gehen, um mir persönlich einen Urlaub zu erwirken, damit ich nach dem Fest mit ihm nach Hause gehen könne, um mich zu erholen. Aber ich bat ihn, das nicht zu tun, da es für die neue Lehrerin sonst zu schwer sein würde, sich allein in die neuen Pflichten einzuleben und dazu noch mich vertreten zu müssen. Die Schule würde darunter leiden. Nachdem mir der Herr die Gesundheit wiedergeschenkt hatte, würde er auch dafür sorgen, dass sie durch das Unterrichten nicht Schaden nehme. Es war nicht leicht, meinen um die Gesundheit seines Sohnes besorgten Vater von seinem Vorhaben abzubringen, aber ich blieb Sieger, und wie gut das war, sehe ich heute.

Im Wohnzimmer begrüßte mich wirklich der Frühling. Alles prangte voll Veilchen, frischem Grün und anderen Frühlingsblumen. Es war, als riefe alles mir zu: „Wir haben dich lieb!“ Nach beendetem Dienst kamen auch Method und Ioschko, und wir unterhielten uns köstlich. Wir sangen und spielten Lieder zur Ehre unseres Herrn. Aber nach dem Abendbrot, es war noch kaum sieben Uhr, musste ich den allgemeinen Bitten nachgeben und mich zu Bett legen.

Am anderen Morgen erwachte ich sehr früh, durch den langen Schlaf hinreichend gestärkt. Ich wusch und kleidete mich ganz leise an und stahl mich ebenso leise zur Tür hinaus, nicht um Ioschkos willen, der auf dem Sofa schlief, denn der schlief fest, sondern damit mich die Tante, die heute der vielen Arbeit wegen sicher sehr zeitig aufgestanden war, nicht bemerkte. Es zog mich so mächtig hinaus in die Frühlingswelt. Als ich auf dem kleinen Hügel vor unserem Haus und Garten stand, umfing mich eine unbeschreiblich schöne Welt. Der Himmel, so blau wie das reine Auge eines Kindes, wölbte sich majestätisch über den Hügeln und den noch nebelumhüllten Hütten des Tales. Es war, als riefe mir alles ein geheimnisvolles: „Guten Morgen!“ zu. Die Nacht ist vorbei, gelobt sei der Fürst des Lebens! Die Sonne, die soeben aufging, verdrängte die purpurne Morgenröte. Diese übergoss noch einmal die Welt mit ihrem rosigen Schimmer. Es war, als schwebe er, der Fürst des Lebens, auf diesen Lichtwellen dahin, um alles zum Leben zu erwecken. Unter dem Einfluß seines Odems hoben die Blümchen ihre Köpfe. So schwebte er auch über dem Garten meines Herzens dahin, auch dort wurde alles lebendig. „Ich lebe und ihr sollt auch leben!“

Wie ich so die schöne Welt betrachtete, blieben meine Augen unwillkürlich auf der alten Schule haften und meine Gedanken kehrten zur Erde zurück. Dort öffnete jemand die Hoftür. Wer konnte in dem leeren Hause sein? Richtig, gestern hatte man davon gesprochen, dass meine Kollegin schon heute eintreffen solle. Ihre Möbel waren schon am Bahnhof angelangt. Das war sicher jemand von Richters, sie hatten die Schlüssel und lüfteten wohl. Aber ich wollte mich selbst überzeugen. Das wäre gut, da könnte der Unterricht gleich nach dem Fest beginnen.

Ein Weilchen später trat ich in den Schulgarten. Das Tor war nur angelehnt, er lag vor mir wie ein Frühlingsmärchen. Auch hier war etwas von der Auferstehungsmacht zu sehen. Bavras waren

Blumenfreunde gewesen, sie hatten allerlei angepflanzt, was sie nicht in die Stadt mitnehmen konnten, sondern dem Nachfolger dalassen mussten. So prangten hier weiß-gelbe Narzissen, rote Aurikeln, Weißdorn und auf dem Rasen ein ganzer Teppich von Veilchen. Die Bäume begannen auszuschlagen, die Apfelbäume schimmerten schon rosig. Zwei kleine Aprikosenbäumchen standen da, wie mit rosa Sträußchen geschmückt.

Zum Haus führten drei Stufen empor. Sie waren, dank Ioschkos Fürsorge, wie auch der übrige Weg, sauber gefegt. Das Zwitschern der Amseln, Rotkehlchen und anderer Singvögel störte die märchenhafte Morgenstille. Plötzlich öffnete sich die Tür und in derselben stand – war es möglich? Ja, sie war es! Dort in jenem dunklen Türrahmen stand unsere Marienka Lomnitzka, so wie ich sie dort im Traum gesehen hatte.

„Stefko!“, rief sie mir freudig überrascht entgegen. Die Erscheinung eilte die Stufen hinab.

„Marienka, bist du es wirklich?“, jubelte ich und umschloß die kleinen, mir dargereichten Hände mit den meinigen.

„Ja, Stefko, ich bin es wirklich, ich bin zu dir gekommen, um dir zu helfen, der Herr Jesus hat es mir geschenkt.“

„Aber wie kommt es denn, dass du jetzt so früh am Morgen in dem leeren Haus erscheinst? Wann bist du angekommen?“

„Gestern Abend, Stefko. Ich habe beim Herrn Richter übernachtet. Er hat mich vom Bahnhof abgeholt. Jetzt wollte ich mir ansehen, wo mir mein König ein Heim bereitet hat. Meine Möbel sind schon vom Bahnhof gekommen, so hoffe ich bis zum Abend hier heimisch zu sein. Aber bitte, komm herein, Stefko. Nach dem, was ich von dir erfahren habe, ist es eine große Gnade vom Herrn, dass ich dich schon so sehen darf. Du darfst nicht so lange auf dem kalten Flur stehen."

Ein Weilchen später saßen wir im Schulhaus, tauschten Fragen und Antworten aus und freuten uns, dass wir miteinander arbeiten sollten. Wer hätte uns das gesagt! Was wohl die Kollegen sagen würden, wenn wir ihnen das schrieben! Marienka erfreute mich durch die Versicherung, dass sie nicht krank sei. Sie war nur durch die Pflege der Ihrigen und das gleichzeitig stattfindende Examen sehr erschöpft, außerdem hatte sie, das Kind der Berge, das Klima und das Wasser in der Ebene nicht gut vertragen können. Nach dem Tod ihrer Eltern war sie so müde gewesen und die Last der Vereinsamung hatte sie so schwer bedrückt. Hatte sie doch kaum angefangen, mit ihren Lieben gemeinsam für Christus zu leben, da waren sie ihr ins Vaterhaus vorangegangen, und sie war plötzlich allein geblieben. Sie hatte sich sehr nach den Bergen und ihren Freunden gesehnt und den Herrn gebeten, ihr einen anderen Platz zu geben, und er hatte sie an ein

Plätzchen versetzt, wie sie es nicht erwartet hatte. Nicht nur die Natur war schön, es herrschte auch eine Atmosphäre, wie man sie nur da findet, wo das Leben beginnt.

In Kürze teilte ich ihr mit, was mich hier beglückte. Von Ioschko, von Method, von meinen Lieben daheim, von meinen Kindern, die künftig auch die ihren sein sollten, und von unseren vom Herrn erweckten Nachbarn erzählte ich ihr. Als wir von ihrem neuen Heim sprachen, bedauerte ich, dass ich ihr beim Einrichten desselben nicht helfen könne. Sie blickte mich freundlich an und sagte: „Quäle dich nicht deshalb! Wir wollen den Herrn bitten, dass er dich bis zum Ende der Osterferien so stärken möge, dass du mich in meine künftige Arbeit einführen kannst, denn beim Anfang kann mir niemand so helfen wie du!"

Es freute mich. Sie hatte Recht. Ich muss mich vor allen Überanstrengungen hüten, die mich an meinen Berufspflichten hindern könnten.

So dankten wir denn gemeinsam dem Herrn, dass er uns so wunderbar zusammengeführt hatte, damit wir uns gegenseitig helfen könnten. Im Gespräch verließen wir die Schule. Marienka kam die Frau Richterin entgegen, ich eilte zur Tante, damit sie mich nicht suche und meinetwegen besorgt sei. Ioschko lief mir schon ganz erschrocken entgegen. Mein Vater war schon gekommen, und vor dem Haus hielt der Wagen vom Herrn Doktor. Dieser war bei einer Patientin gewesen und hatte mich und meinen Vater abholen wollen, denn Großmutter hatte ihn gebeten, mich nach M. mitzubringen, damit ich der Versuchung enthoben sei, der neuen Lehrerin beim Einrichten zu helfen.

Dabei wusste Großmutter gar nicht, wie groß diese Versuchung für mich war und dass ich gerne der Nähe der alten Schule entging, wenn ich mich dort nicht nützlich machen konnte. Ich war sehr glücklich, und die Großeltern freuten sich, dass ich so brav gehorchte.

Bei Tisch erzählte ich, was mir Marienka Lomnitzka gewesen war, vor allem die Lichtbringerin, dann aber auch die treuste Schwester. Ihr trauriges Geschick ging allen zu Herzen, und sie freuten sich, dass ich Ioschko gebeten hatte, ihr an meiner Statt beim Einrichten zu helfen. Großmutter rührte es, dass Marienka ihre Eltern so treu gepflegt hatte. Großvater lobte, dass sie so verständig gewesen war, wieder in die Berge zu gehen, wenn ihr das Leben in der Ebene nicht bekomme. Er sagte mir aber voraus, dass ich mit ihr als Leiterin sicher besser auskommen würde als mit Herrn Bavra. Ich gestand ihm, dass ich ihr schon heute zu Willen gewesen sei; denn wenn ich nicht vorhätte, ihr am Donnerstag bei der Einrichtung der Schule und des Stundenplans zu helfen, so wäre ich heute wohl kaum den ganzen Vormittag so still liegen geblieben.

„Da habe ich mir also zu Unrecht eingebildet“, lachte mein Vater, „dass meine Gegenwart und die Liebe zu mir dich ans Sofa gefesselt hätten.“

„Deine Gegenwart, mein Vater“, sagte ich warm, „zwang mich, mich dir zu Füßen zu setzen, so wie jetzt, denn da ist es mir am wohlsten.“

Er strich mir über die Stirn. Method machte keinerlei Bemerkung zu dem, was ich erzählt hatte. Er stand am Fenster und blickte nachdenklich in die Ferne. Später bekannte er mir, dass die Verlassenheit meiner lieben Schwester ihn so bewegt habe, wie schon lange nichts anderes. Ich musste ihn daran erinnern, dass sie den Herrn Jesus und mit ihm alles habe. Dann ging er, um die Post in Empfang zu nehmen und rief auch den Großvater ins Amtszimmer. Als sie zurückkehrten, sagte der Herr Pfarrer fröhlich: „Ihr werdet wohl einen anderen Stundenplan entwerfen müssen, du und deine Frau Lehrerin, als ihr gedacht habt. Die zweimal wiederholte Bitte Herrn Bavras um eine dritte Lehrkraft ist von der Schulbehörde wunderbar günstig gelöst worden. Du ahnst wohl nicht, Stefko, wem du ein Drittel deiner Kinder nun abtreten musst?“

„Meiner Kinder?“, fragte ich bestürzt.

„Natürlich; ihr werdet von nun an jeder zwei Klassen haben.“

Method, der mein Unbehagen merkte, fühlte mit mir. Ach, es war ja keine Kleinigkeit. Mir war es, als käme meine geliebte dritte Klasse plötzlich zur

Tür hereinmarschiert. Wer würde sie mir fortnehmen? fragte mein Herz.

„Fürchte dich nicht, Stefko“, sagte Method, „dem, den der Herr dafür bestimmt hat, wirst du deine Klasse gern überlassen!“

„Das glaube ich“, stimmte Großvater bei. „Nach Skalnik ist ein zweiter Lehrer ernannt – Krivosch kommt zu euch.“

„Ioschko, mein Ioschko? Ach wie schön!“ Jubelnd umarmte ich Method. „In der Schule ist eine Wohnung, da wird er auch seinen Vater zu sich nehmen können.“

Da mich alle verwundert anblickten, erzählte ich ihnen, was er mir am Donnerstag mitgeteilt hatte. Der Großmutter und meinem Vater zuliebe musste ich in aller Kürze das traurige Schicksal meines Freundes erklären.

„Der Ärmste!“, bedauerte die Großmutter. „Also darum ist er immer so gedrückt, und er ist doch solch ein ordentlicher Junge.“

„Du hast Recht, er ist wirklich brav“, fügte der Herr Pfarrer warm hinzu. Und dann erzählte er unsere gemeinsame Geschichte, besonders die von dem Azaleenbäumchen. Es freute mich, dass Großvater Ioschkos Liebesopfer so tief erfasst hatte. Dass mein Vater und Method es gleichfalls zu würdigen wussten, las ich in ihren Gesichtern. Großmutter, als echte Blumenliebhaberin, weinte beinahe, besonders bei meiner Schilderung, wie sehr Ioschko mit diesem Bäumchen geeilt hatte und wie öde dann sein armseliges Stübchen gewesen war. Wir machten dann allerlei Pläne, die wir, so der Herr Gnade gibt, zum Wohle Ioschkos und seines Vaters verwirklichen wollen.

Als dann Method, von seinen Pflichten abgerufen, uns verließ, sagte der Herr Pfarrer plötzlich, dass er uns etwas mitteilen wolle, was sein Kaplan noch nicht wisse. Ach, was erfuhr ich da! Großvater gedenkt sich pensionieren zu lassen und hat es mit den Presbytern und den älteren Gemeindegliedern abgemacht, dass sie an seiner Stelle Method wählen.

„Warum wollen Sie nicht länger Pfarrer sein?", ‚fragte mein Vater überrascht. „Method ist Ihnen doch eine gute Stütze, er ist so gerne Kaplan bei Ihnen, denn er liebt und schätzt Sie wie einen Vater."

„Oh, ich kann ihm auch dann noch helfen, denn ich gedenke nicht, von M. fortzugehen. Wir haben hier ein Haus in Aussicht oder vielmehr schon gekauft, in das wir dann übersiedeln werden. Der Hauptgrund, der mich neben anderen, triftigen Gründen dazu bewogen hat, ist aber der: Schon seit Jahren handelt es sich darum, dass die Gemeinde ein neues Pfarrhaus bauen muss. Das Haus ist alt, aber man hat die Sache immer wieder hinausgeschoben, und das war gut, denn so ist das Kapital dafür angewachsen, und die Gemeinde braucht nun keine Schulden zu machen. Meine Frau und ich, wir sind an diese alten Räume gewöhnt. Wir haben mehr als dreißig gute und böse Jahre darin verlebt. Wer weiß, ob meinem Nachfolger das Haus gefiele, das ich ihm bauen würde! Ein Pfarrhaus baut man für viele Jahre. Wie oft habe ich gehört und gesehen, wie viel Mühe sich meine Amtsbrüder gaben, wie sie sich freuten, wenn sie endlich ein Haus gebaut hatten. In ihren Augen war es vollkommen. Und wenn dann nach ihrem Tod ein Nachfolger einzog, dann gab es eine endlose Kritik. Dieses und jenes musste umgebaut werden, das dort konnte nicht so bleiben usw. Heute, wo die Leute so modern sind, würde keinem, außer etwa Borinsky, das Haus gefallen, das ich mir nach meinem Geschmack bauen würde. Für unsere Modernen bin ich überhaupt viel zu unmodern. Glauben Sie mir, ich würde mir in einem solchen modernen Haus vorkommen wie in irgendeinem Kunstsalon oder in einem Stationsgebäude. – Im Winter sind uns zwei Mauern geborsten, so dass der Bau nun nicht länger mehr hinausgeschoben werden kann.

Auch das Geld ist heutzutage nicht sicher; man muss es verbrauchen, bevor es an Wert verliert. Unser eigenes Haus ist noch nicht so sehr alt, eines jener unmodernen, aber soliden Gebäude. Dort werden wir beide uns leicht eingewöhnen, denn wir sind ja dann im Eigenen und können uns nach

Belieben manches ändern, was in einem Mietshaus nicht angeht. Unsere Kinder sind weit fort, und wir beide stehen allein. Wir können Borinsky ein Zimmer überlassen, während sein Nest gebaut wird. Auch für die Kanzlei wird sich ein Plätzchen finden. Es wird freilich alles so werden, wie Gott will. Das sind nur so unsere Gedanken, wie wir der Gemeinde und auch unserem Borinsky helfen könnten."

Diese Gründe Großvaters waren durchaus sachlich. Seine persönlichen Gründe teilte er uns nicht mit, und ich hatte nicht die Freiheit, ihn danach zu fragen. Er ging dann, um uns die geborstenen Mauern zu zeigen. Die eine ist in der Kanzlei, die andere im Schlafzimmer. Mein Vater sagte, dass es wirklich nicht ratsam sei, den Bau noch länger aufzuschieben. Vom Küchenfenster aus zeigte uns Großmutter ihr künftiges Heim. Es ist ebenfalls nahe der Kirche, aber es liegt auf der anderen Seite und hat einen ziemlich großen Garten. Großvater und mein Vater gingen nach dem Kaffee hin, um es zu besehen. Mich nahmen sie nicht mit, aber ich hatte dem Herrn so viel zu sagen, dass mir ein Weilchen ungestörter Einsamkeit sehr gut tat. Es lag ja wirklich so viel daran, dass er mit allem einverstanden war, dass sein guter, heiliger Gotteswille geschehe, wie im Himmel, also auch auf Erden.

Ich durfte also doch am Ostersonntag am Gottesdienst teilnehmen. Ich saß wohlverpackt in der

Sakristei, so dass mich keine Zugluft streifen konnte, und mein Herr segnete mich sehr. Schon oft hatte ich den Herrn Pfarrer predigen hören, aber so wie heute hatte er noch nie gepredigt. Besonders ein Satz hat sich mir tief ins Herz eingeprägt und beglückt mich immer wieder: „Ich habe von Kindheit an geglaubt, dass Jesus Christus von den Toten auferstanden sei, aber das war für mich eine Begebenheit, die sich vor fast zwei Jahrtausenden zugetragen hatte. Heute weiß ich, dass er von den Toten auferstanden ist, dass er lebt und dass er mit uns lebt. Er ist aus dem Grab wiedergekommen, dass wir das Leben und volles Genüge haben sollten!"

Im tiefen Sinnen über diese Wahrheiten und Geheimnisse versunken, hatte ich gar nicht darauf geachtet, dass das Lied und das Gebet schon vorüber war. Erst die besorgte Frage Großvaters, der sich über mich beugte, riss mich aus meinen Grübeleien. Ich drückte seine welke Hand an meine Lippen. Als ich ihn ansah, da fragte ich nichts mehr. Er wusste und fühlte, dass ich ihn verstand, dass ich mit ihm den Lebensfürsten pries und dass unsere Seelen sich in dem gefunden und dereinst bei ihm wiederfinden würden, der gesagt hat: „Ich bin die Auferstehung und das Leben. Wer an mich glaubt, der wird nimmermehr sterben."

* * *

Ich wusste nicht, was alles dazu beitragen würde, unser Kinderfest am Ostermontag so schön zu gestalten.

Vor allem hatten wir herrliches, warmes Wetter. Dann hatte ich die Hilfe Marienkas, Ioschkos und Methods, und nicht wenig trug auch die dankbare Freude der Eltern über meine Genesung dazu bei. Auch der Herr Doktor beehrte uns mit seinem Besuch. Als zum Schluss meine Erzählung drankam, da schmiegten sich die Kinder wie die Küchlein an mein Sofa und saßen so erwartungsvoll auf den ausgebreiteten Leinentüchern, dass der Doktor sie und mich siegesfroh anblickte, als wollte er sagen: „Siehst du, dass ich Recht gehabt habe!" Es fiel mir nicht schwer, diesen aufmerksamen Zuhörern zu erzählen. Wir begleiteten den zwölfjährigen Jesus auf seiner ersten Reise zum Osterfest nach Jerusalem. Um ihn her dufteten die Blumen, es war, als trüge ihn der linde Wind und die Sonne, der Gesang der Vöglein begleitete ihn auf dem Weg. Die Käfer kamen aus der Erde gekrochen, die Mücken summten fröhlich im Sonnenschein. Aber dann beschrieb ich, wie es wäre, wenn der Herr Jesus dort von jenen bläulich schimmernden Bergen zu uns herkäme, nicht mehr als Junge, sondern so, wie er mit den Jüngern gewandelt ist. Ich stellte uns ganz lebendig vor Augen, wie es wäre, wenn er dort vor unser aller Augen über jene Lichtung und dann zwischen den mächtigen Eichen und Tannen, an dem rauschenden Bächlein vorbei auf uns zu geschritten käme.

„Ach, was würden wir tun, wenn wir ihn sehen würden?", fragte ich endlich.

„Wir würden ihm alle entgegenlaufen", meldeten sich die Kinder.

„Nun, er wird wirklich kommen, vielleicht gar bald, denn die Engel haben es uns gesagt", schloss ich.

Tiefe Stille legte sich auf die große Versammlung, dann griff Marienka in die Saiten ihrer Laute, mit der sie unseren Gesang zuvor begleitet hatte. Sie sang und spielte ein Lied, das Ioschko uns dann alle lehrte und das so lieblich über die Berge und Täler erklang, besonders der letzte Vers:

Frühling kommt, die Auferstehungszeit,
Leiden, Schmerz und Tod entschwinden weit –
Hört, was Jesu off'nes Grab uns allen ruft:
Er, der Lebensfürst, entstieg der Gruft.

Method beschloss unsere Feier mit Gebet, und dann brachten die guten Tanten volle Körbe mit Kuchen und buntbemalten Ostereiern herbei. Alle wurden reichlich bedacht. Mir brachten meine drei geretteten Vöglein einen mit Veilchen bekränzten Teller voll guten Käsekuchens und schöner Eier herbei. Aber da schritt der Herr Doktor ein und erklärte, dass nur er erlauben oder verbieten dürfe.

Sie möchten dem Herrn Lehrer lieber gute, aber wirklich gute Milch bringen, von dem Kuchen dürfe er nur ein ganz kleines Stückchen essen. So bekam ich denn meine Milch, und sie war wirklich vorzüglich, so wie man sie in der Stadt nicht zu kaufen bekommt. Das Mahl war auch zugleich der Willkommensschmaus zu Ehren der neuen Frau Lehrerin. Wie schön, dass Eltern und Kinder sie bei solch festlicher Gelegenheit kennen lernen durften!

15

Drei Wochen des neuen Lebens, drei Wochen voll schöner, gemeinsamer Arbeit mit Marienka und Ioschko – wo soll ich die Worte hernehmen, um sie zu beschreiben! Der Herr Pfarrer hatte Recht, es galt, ein neues Programm zu machen. Wir teilten uns in die Kinder und in die Arbeit. Meine liebe dritte Klasse gewöhnte sich leicht an den Wechsel, denn sie kannte Ioschko von der Sonntagsschule her. Er war ihnen nicht fremd, und die Stunden, in denen wir uns am besten verstanden, unsere Spaziergänge und Arbeitsstunden verbringen wir gemeinsam, oder wir Lehrer wechseln einander ab. Auch darin hatte Großvater Recht, dass wir mit der neuen Lehrerin gut auskommen würden. Ioschko sagte mir, dass er jetzt, wo er Marienka beobachtet habe, wie sie bemüht ist, mit allen Leuten in Frieden auszukommen, erkannt habe, wie viel schlimme Stunden er sich in Skalnik selbst bereitet und wie wenig er für den Herrn geleuchtet habe, besonders in der Beziehung zum Leiter.

Marienka ist jederzeit bereit, wenn sie sich uns gegenüber geirrt oder übereilt hat, um Entschuldigung zu bitten. In ihrer Klasse hat gerade sie einige besonders schwierige Charaktere unter den Kindern, namentlich aber bei den Eltern. Als Ioschko sie fragte, wie sie das so ruhig ertragen könne, entgegnete sie lächelnd: „Wissen Sie, Bruder, die Schule ist kein Spiel-, sondern ein Kampfplatz. Kinder und Erwachsene haben ihre Versuchungen. Unter Letzteren ist es vielleicht schon die dritte Generation, für deren Charakterbildung niemand gesorgt hat. Ich weiß, dass ich selbst viel zu schwach bin, um das Böse in mir und in meinem Nächsten zu überwinden. Das Einzige, wodurch es überwunden werden kann, ist Friede und Liebe, und beides ist er, unser Herr, der mit uns und in uns leben will."

Wie ist jetzt das alte Schulhaus so schön, von innen und von außen! Bavras hatten eine schöne, moderne Einrichtung, die in keiner Weise in diese alten, niedrigen Stuben passte. Marienka hat von ihren Eltern lauter alte Sachen geerbt, und alles hat sich so schön darin aufstellen lassen. Sie hat ein kleines Schlafzimmerchen und ein ziemlich geräumiges Wohnzimmer. Den Schmuck des Letzteren bildet das schöne Harmonium und die große Bibliothek ihres Vaters. Es ist nichts Besonderes da, aber über allem liegt ein Hauch von Poesie, jedes Stück steht dort, wo es am besten hinpasst. Einige schöne Bilder an den Wänden, da und dort ein Blumenkörbchen oder eine Blumenvase, und es wirkt wie ein Märchen. Alles, Zimmer, Küche und Flur, gleicht einem lieblichen, slowakischen Lied. Aber, was das Wunderbarste ist, auch Ioschkos jetziges Heim hat unter Marienkas geschickten

Händen einen hübschen, behaglichen Anstrich bekommen, und das war keine kleine Kunst. Denn Frau Krivosch hat ihrem Gatten nur gerade das zurückgelassen, was er als Junggeselle besaß. Hätten Ioschko und ich das aufstellen müssen, es wäre höchstens eine halbvolle Rumpelkammer geworden. Und jetzt! Das massive Bett, das mit schwarzem Leder überzogene Familiensofa mit dem runden Tisch und den Stühlen davor, die altmodischen Schränke für Kleider und Wäsche, der noch ältere Schreibtisch, die kleine Kommode für Bücher und Kleinigkeiten, alles macht einen behaglichen Eindruck. Der Tischler hat die Möbel frisch aufpoliert, so dass man nicht merkt, wie verbraucht sie waren. Nun können sie den Besitzern noch jahrelang dienen, es ist ein überaus praktisches Zimmer für Männer. Als Ioschko seinen Vater zum ersten Mal hineinführte, konnte dieser sich gar nicht satt sehen, ja, er konnte es gar nicht glauben, dass sie hier nichts Neues hatten. Freilich, die Bewohner der Stube sind neu. Ioschko ist ganz neu und sein Vater auf dem Wege zu dem, der allein sagen kann: „Siehe, ich mache alles neu!"

In äußerer Hinsicht sind wir jetzt alle sehr gut versorgt. Tante Dubovska hat uns alle in Verpflegung genommen. Sie hat eine Hilfe an Evchen und Palko, den Kindern ihres verstorbenen Vetters. Eva ist schon 16 Jahre alt, der Junge ist 14; beide sind gesund und kräftig wie die Blumen im Wald. Den

Nachlass der Eltern verwaltet ein Vormund, sie haben ihre Hütte, wo sie wohnen, vielmehr schlafen, denn sie kommen schon am frühen Morgen zur Tante. Das Mädchen bedient uns alle, räumt auf und besorgt unsere Wäsche unter der Aufsicht der Tante. Sie bringt uns auch das Frühstück ins alte Schulhaus.

Marienkas Küche ist das reine Schmuckkästchen, sie hat schöne weiße Möbel, die sie sich schon selbst angeschafft hat. Dort frühstücken wir. Ich habe es so nahe wie zur Tante, und die anderen drei sind hier daheim. Ioschko sorgt dafür, dass es den beiden großen Vasen, die auf weißen Postamenten stehen, niemals an frischem Grün fehlt. Marienkas Fenster sind voller Blumen, auch ich habe ein paar schöne Ableger. Ioschko hat nämlich von seinem Onkel schöne Blumen besorgt; Ioschkos Vater, der sich sehr gut auf die Gärtnerei versteht, pflegt diese, aber auch unseren Schulgarten. Der Aufenthalt im Freien und diese gesunde Beschäftigung tun ihm gut. Zu Mittag essen wir bei der Tante. Sie berechnet uns das Essen billiger, seitdem wir vier Personen sind, aber wir haben ausgemacht, dass wir Eva für die Bedienung und die Wäsche etwas vergüten wollen. Das Mädchen ist ganz glücklich darüber, und wir fahren trotzdem gut dabei. Die Milch fürs Vesperbrot bringt sie uns schon am Morgen, und abends sind wir wieder bei der Tante.

Meine Lieben schicken uns jede Woche allerlei

Gutes für die Küche, „für mich", wie sie schreiben, Großmutter desgleichen.

So können sich doch auch Herr Krivosch und Marienka gut erholen. Nur ich bin noch immer ein schwacher Held, wie der Doktor mich genannt hat, obwohl ich, dem Herrn sei Dank, gesund bin, selbst nach längeren Spaziergängen fühle ich keine Schmerzen in den Füßen. Auch meine Hände sind wieder kräftiger. Zwar darf ich weder Radschlagen noch auf die Bäume klettern, aber dem Herrn sei Dank, das Übel ist vorübergegangen wie ein böser Traum und hat der Seele ewigen Gewinn gebracht. So viel vorläufig von uns, denn es sind noch andere, wichtigere Persönlichkeiten da.

Im Laufe dieser drei Wochen hat der Herr Pfarrer sein Amt niedergelegt, und Method hat seine Bewerbung eingereicht. Er erwartet nicht, einstimmig von der Gemeinde gewählt zu werden. Er meinte, er wäre sicher ein schlechter Hirte, wenn in M. alle gleicherweise mit ihm zufrieden wären. So hat denn der Herr Senior noch zwei andere Kandidaten aufgestellt. Sie haben an den letzten Sonntagen ihre Probepredigten gehalten. Die Gemeinde von M. drängte mit der Wahl, denn sie möchte die Aufsicht über den Bau des neuen Pfarrhauses gerne in die Hände ihres neuen Pfarrers legen.

Großvaters neues Haus ist schon renoviert und alles zur Übersiedlung vorbereitet.

* * *

Wieder sind einige Wochen vergangen. Es ist fatal, dass mir fast keine Zeit zum Schreiben mehr bleibt. Meine Freistunden werden immer weniger, und der Lieben, die ich besuchen will, immer mehr. So schreibe ich nur bei meinen Morgenspaziergängen das Wichtigste in mein Notizbuch, um es gelegentlich zu übertragen.

Der Herr Inspektor hat uns mal wieder besucht. Unsere gemeinsame Arbeit und unser Zusammenleben haben ihm gut gefallen. Er kam von Bavras und erzählte, dass Herr Bavra für jenen Platz wie geschaffen sei und ordentlich auflebe. Man merke, dass der Fisch in sein richtiges Element gekommen sei. Auch ein Brieflein von ihm brachte er mir mit und von Frau Bavra einige fotografische Aufnahmen der Schule und seiner Klassen. Sie fotografiert gerne und gut. Wir freuten uns alle darüber. Seit zwei Wochen kommt Method für die Nacht zu mir. Er könnte auch im Haus der Tante schlafen, aber wir haben uns so gerne, und es sind die letzten Wochen, die wir so gemeinsam verbringen, denn die Wahl ist zu seinen Gunsten ausgefallen. Er soll am Pfingstsonntag seine erste Predigt als Pfarrer von M. halten.

„Jetzt bist du noch als unverheirateter junger Mann unter uns", sagte ich ihm, „aber du stehst vor deiner Hochzeit. Sobald du erst mit deiner

Gemeinde fest verheiratet bist, ist es nicht mehr wie vorher, dann ist es mit deiner Freiheit vorbei."

„Du hast Recht, Stefko, darum möchte ich noch so gerne das Himmelfahrtsfest in besonderer Weise mit euch feiern. Wir könnten vielleicht in den Wald gehen und dort den letzten Tag der Freiheit und des gemeinsamen Wirkens festlich begehen." Dann teilte er mir seinen Plan mit, zu dem Großvater ihm seine Mithilfe zugesagt hatte. Wir sollten mit den Schulen einen Ausflug nach Hrabova machen. Er wollte uns auf dem Berg die Festpredigt halten und wir sollten dazu Loblieder singen. Das sollte die Grenze zwischen dem rosigen Frühling sein, wo auch sein geistliches Leben begonnen hatte, und dem ferneren, sommerlichen Lebenskampf, dem er entgegenging. Großvater hatte versprochen, ihn in M. beim Gottesdienst zu vertreten, denn Method ist nicht mehr Kaplan, aber auch noch nicht Pfarrer; dafür gehört er zum königlichen Priestertum.

Es hat auch bei dieser Pfarrerwahl allerhand hässliche, unerquickliche Dinge gegeben, die Großvater und uns betrübten und es Method zeigten, dass er auf dem schmalen Weg ist, ja, dass er ihn betreten hat, indem er die Wahl annahm. Ich will jetzt nicht länger daran denken, denn wenn ich andere beglücken will, muss ich selbst ungetrübt glücklich sein.

In diese Tage fallen für mich besondere Erlebnisse. Kurz vor Großvaters Übersiedlung hatte mein Vater seinen Geburtstag. Da ich jetzt eine Vertretung habe, erbat ich mir vom Herrn Inspektor einen zweitägigen Urlaub, der mir freundlich gewährt wurde. Method erbat sich gleichfalls vom Herrn Pfarrer Urlaub, und so langten wir, zwar eingeladen, aber doch kaum erwartet und darum um so freudiger begrüßt, daheim an. Nur Mama schlug die Hände zusammen: „Stefko, Stefko, du bist seit Weihnachten schon wieder gewachsen, so dass du den Vater schon bald überragst. Aber an Breite hast du nicht zugenommen."

„Weißt du, Mama, das geht nicht auf einmal. Entweder in die Höhe oder in die Breite. Sobald ich den Vater eingeholt habe, wachse ich um keinen Zentimeter mehr, dann fange ich an, in die Breite zu gehen. Mit ihm war es auch so, nach den Fotografien zu urteilen. Nicht wahr, Vater?"

„Ja, Stefko. Als ich ausgewachsen war, fing ich an, kräftiger zu werden, und das dauerte fast zehn Jahre, bis ich ein Mann war."

„Nun, dann bin ich schon zufrieden", entgegnete Mama.

Dieses Mal waren wir nicht bei Nacht nach Z. gereist. Seit dem 1. Mai geht von M. aus ein Schnellzug, der so gute Verbindung hat, dass wir in sechs Stunden an Ort und Stelle waren, so dass sie uns zum Kaffee schon mit guten Dingen bewirten konnten, obgleich der eigentliche Geburtstag erst morgen war. Auch Milenka und Ferko waren mit uns zugleich eingetroffen, sie hatten den morgigen Tag frei bekommen. Nach dem Kaffeetrinken zeigte mir Milenka meine neue Wäsche. Ich war überrascht über diese Menge und diesen Reichtum. Dabei musste ich wieder an mein Azaleenbäumchen denken. Bis darauf, dass ich Ioschko die letzte Handarbeit meines Mütterchens gegeben hatte, also etwas, was ich sehr liebte und schätzte, hatte ich ihm eigentlich nichts gegeben, so schön und reichlich hatte ich alles wiederbekommen.

Vor dem Abendessen, als die Pflicht meinen Vater zu seinen Leuten rief, unterhielten sich meine Lieben mit uns im Gastzimmer. Mamas Klavier, das letztes Mal noch nicht hier gestanden hatte, weil es in Reparatur war, bereitete uns eine schöne Stunde. Method hatte seine Noten mitgebracht, Mama spielte und er übte mit uns das Lied ein, mit dem wir morgen den Vater noch im Bett überraschen wollten. Da ich meinen Tenor schon konnte, machte ich, während die anderen übten, meinen gewöhnlichen Rundgang.

Ich habe mir angewöhnt, das ganze Haus zu besehen, sooft ich nach Hause komme. Mein Vater baut nämlich gerne um oder etwas Neues dazu und führt allerhand praktische Neuerungen ein, auf die ich stets neugierig bin. Auch jetzt fand ich solche vor, hauptsächlich im Garten. „Es sind eigentlich nicht viele Neuerungen", dachte ich erfreut, „und doch ist alles neu geworden. Vor allem der Herr des Hauses. Wohin ist jener schweigsame, verschlossene, mitunter so unzugänglich kühle Mann entschwunden, der einst mein Vater war? Wie gerne hätte ich mich früher mitunter an ihn geschmiegt, denn ich liebte ihn sehr, gerade deshalb, weil er so zurückhaltend war. Vielleicht liebte ich ihn mehr als unsere Kleinen, die sich ohne weiteres in seine Arme schmiegten, aber ich konnte einfach nicht. Mein Mütterchen hat das sicherlich auch empfunden, obwohl sie nie darüber sprach, das weiß ich. Ach, wenn sie heute wiederkäme, wenn sie ihn sehen und hören könnte!" Plötzlich bemächtigte sich meiner eine solche Sehnsucht nach ihr, der Teuren, dass ich durch das Hintertürchen des Gartens hinaus auf die mit Pappeln bepflanzte Landstraße eilte. Sie führt zu dem eingefriedeten Garten, wo die Toten von ihrer Arbeit und ihren Schmerzen ausruhen. Wie gut, dass der Friedhof so nahe bei unserem Hause ist! Auch zum neuen Jahr hatte ich mein Mütterchen besucht, damals hatte auf ihrem Hügel viel Schnee gelegen, das hatte mein Herz bedrückt. Heute hatten auch die Toten den Mai um sich her. Am Grab stand ein neues weißes Bänkchen mit einer Lehne, und auf dem Hügel blühten Frühlingsblumen. Alles erzählte mir davon, dass mein Mütterchen nicht vergessen sei, sondern geliebt werde.

Wie ich so auf dem Bänkchen saß, den Kopf an das Marmorkreuz gelehnt, blickte ich nicht nur auf das blühende Grab, sondern es war mir, als sähe ich sie nochmals in ihrer letzten, engen Behausung, das teure Haupt auf das mit Spitzen besetzte Kissen gelegt, die kleinen Hände, die mich so oft liebkost hatten, gefaltet. Sie hatten bis zu Ende gearbeitet, geliebt. Die langen Wimpern werden sich nicht mehr heben, um mich durch einen Blick aus diesen geliebten Augen zu beglücken. Nein, diese werden sich nie mehr öffnen. Aber wunderbar! Wenn sich damals jene Wellen des Mühlbaches über mir geschlossen hätten, dann hätten sie mich dort oben angeblickt, denn der Herr Jesus sagt ja: „Ich lebe und ihr sollt auch leben! Wer an mich glaubt, der wird nimmermehr sterben!"

Und so hätte ich nicht nur ihn, sondern auch dich sehen dürfen. Vielleicht hätte er dir erlaubt, mir entgegenzugehen – welch herrlicher Gedanke!

Auferstehn, ja auferstehn wirst du
mein Leib nach kurzer Ruh. Halleluja!

Wie schon öfter, kam auch jetzt aus ihrem geistigen Reich die Poesie in Gestalt eines schönen Liedchens zu mir, das ich alsbald in meinem Notizbuch festhielt. Aber auch eine Melodie gesellte sich dazu, die ich gleichfalls zu Papier brachte, denn ich habe mir hinten in dem Büchlein Notenpapier eingeheftet, um nichts von dem zu verlieren, was mein Herr mir schenkt. Zum Himmelfahrtsfest will ich Method damit überraschen. Indem ich mein Büchlein einsteckte, sprach ich leise zu mir selbst: „Dorthin bist du gegangen, mein Mütterchen, aber ich komme dir nach!"

„Noch nicht, mein Sohn!", erklang es über mir, und ein starker Arm umschlang mich. „Sehnst du dich etwa fort von uns, willst du uns verlassen?"

„Nein, mein Vater." Ich schlang meine Arme um seinen Nacken und lehnte meinen Kopf an seine Brust. „Aber wir sind ja alle auf dem Wege ihr nach."

„Ja, Stefko, bis der Herr uns ruft. Es gibt Augenblicke, da auch ich mich sehne, so bald wie möglich zu ihr zu eilen."

„Schon? Aber du hast doch noch nicht als Christ hier gearbeitet?", sagte ich überrascht.

„Du hast Recht, und doch habe ich einen triftigen Grund für diesen Wunsch. Ich bin ihr so viel schuldig geblieben. Auf Erden kann ich ihr nichts mehr erklären, sie nicht mehr um Verzeihung bitten. Der allwissende Gott weiß es, wie sehr ich sie geliebt habe und dass nur meine rauhe Gemütsart daran schuld war, dass ich ihr meine Liebe nicht zeigen konnte. Nicht nur ihr, auch dir nicht, mein Sohn!"

„O Vater, mich hast du schon sehr beglückt, mir hast du alles ersetzt!" Ich schmiegte mich an ihn.

„Wie bin ich glücklich, dass ich mich so an dich schmiegen darf. Es ist mir oft schwergefallen, meine Liebe zu dir und die Sehnsucht nach Gegenliebe zu verbergen."

„Ich weiß es, mein Sohn, ich habe es mehr als einmal gesehen, aber damit es zwischen uns für immer klar werde, will ich dir an diesem Grab alles sagen. Ich habe deine Mutter sehr geliebt, aber sie konnte sich nicht in meine Art finden, sondern ging mir schüchtern aus dem Weg. Vielleicht fürchtete sie, mir lästig zu fallen. So hörte sie langsam mit den zarten, sinnigen Beweisen ihrer Liebe auf, die mir so teuer waren. Kein Wunder, denn ich verriet ihr nie mit einem Wort, was sie mir bedeuteten. Als du geboren wurdest, übertrug sie den ganzen Reichtum ihres einsamen, unverstandenen Herzens auf dich, ihr Sonnenkind. Sie band das kleine Herzchen ganz an sich. Eifersüchtig sah ich auf diesen Reichtum an Liebe, mit dem sich die beiden gegenseitig beglückten, während ich von diesem Paradies ausgeschlossen blieb. Bei den anderen Kindern war das nicht mehr so. Die näherten sich mir, aber trotzdem stellte sie mein erstgeborener Sohn in meinem Herzen in den Schatten. Oft sah ich, dass mein Sohn in seiner Entwicklung und in seinem Charakter darunter litt, dass er einen Vater hatte und doch nicht hatte. Und doch überließ ich der Mutter ihren Schatz ganz, besonders seitdem sie kränkelte und ich mir mit Recht

Vorwürfe machte, dass sie auch infolge meiner Kälte litt, wie eine Blume ohne Sonne. Ja, ich ließ diese beiden, die meinem Herzen am teuersten waren, beisammen. Mit großer Selbstverleugnung erfüllte ich meiner kranken Frau den Wunsch, dass ihr Erstgeborener Lehrer wurde, denn ich hätte für mein Sonnenkind eine andere Lebensstellung gewünscht. Diese Nachgiebigkeit von meiner Seite führte eine Annäherung herbei, denn sie sah im Lehrerberuf ein Unterpfand für das Wohl und die sittliche Erneuerung unseres Volkes. So waren wir einander wenigstens in den letzten Jahren nicht fremd, und ich tat alles, auch für ihr körperliches Wohlergehen. Ich hoffte und vertraute, dass sie noch genesen würde und wollte dann eine andere Lebensweise einführen, allein es war zu spät. Es kam ihre kurze Krankheit, und der Tod trennte uns, bevor ich ihr abbitten und alles aufklären konnte. In meine schwersten Kämpfe fielen auch deine inneren Kämpfe, mein Sohn. Ich fühlte oft, dass ich zugrunde gehen müsse, wenn mir nicht Hilfe käme. Du fühltest dasselbe im anderen Sinne des Wortes, aber du suchtest und fandest für dich die Hilfe am rechten Ort. Hätte er, der Geber des Heils, dein Herz nicht erfüllt, wie schwer hätte die Einsamkeit dich bedrückt, denn ich war nach dem Tod deiner Mutter nach außen hin kühl, im Inneren zerrüttet, da ich mich an ihrem frühen Heimgang und an ihrem lebenslänglichen Entbehren schuldig fühlte. Schuldig auch an deinem jetzigen Verwaistsein, und so war es mir unmöglich, mich dir zu nähern, denn da hätte ich dich um Vergebung bitten müssen, und dazu war ich zu stolz. Deine Briefe aber haben die Brücke geschlagen, und dann kam das, was Gott in seinem Rat sich vorgesetzt hatte. Auch mir ist Gnade widerfahren, und so kann und darf ich heute das Wort aussprechen, das schon längst ausgesprochen sein sollte: Vergib, mein Sohn, für dich und deine Mutter deinem unwürdigen Vater!“

Ich ließ ihn nicht weiterreden, sondern verschloss seinen Mund mit einem Kuss. Dann weinten wir beide bitterlich. Diese Tränen schwemmten den letzten Rest von Bitterkeit darüber fort, dass uns die Sünde um Jahre sonnigen Glücks betrogen hatte, die nie wiederkamen. Denn die, die am meisten darunter gelitten hatte, würde nicht aus dieser schwarzen Erde aufstehen, um zu sehen, wie wir uns gegenseitig in unverhohlener Liebe aneinanderschmiegten. Aber als ich darüber klagen wollte, erinnerte mich mein Herr daran, dass sie nun in Glück und Herrlichkeit sei bei ihm, der alle ihre Tränen abgewischt und ins Meer seiner Liebe versenkt habe. Wir nicht, aber er konnte ihr sagen, was wir hier gesprochen hatten und sie damit für ihr lebenslängliches Entbehren entschädigen. Ich sprach diesen Gedanken laut aus, und durch gemeinsames Gebet beruhigt, kehrten wir heim.

Als ich mich bei der Friedhofspforte umwandte, fiel gerade der Schein des Abendrotes, wie ein Gruß aus himmlischen Höhen, auf das blumenbewachsene Grab.

Viele schöne Stunden verlebten wir am anderen Tag, besonders am Morgen, wo wir Vater durch unseren Gesang erfreuten. Aber nach Dubova ging die Erinnerung an jene Augenblicke an Mütterchens Grab mit mir, die mich durchs ganze Leben begleiten wird. Welch eine Glückseligkeit, dass mich von dem, dem ich das Leben verdanke, nichts mehr trennt! Gemeinsam auf dem Berg Garizim stehend, haben wir den Segen genommen, der in den Worten liegt: „Ich bin gekommen, dass sie das Leben und volle Genüge haben."

16

Bei unserer Rückkehr nach M. gingen wir gar nicht erst nach Dubova, denn es war Donnerstag und wir hatten Großmutter versprochen, ihr beim Umzug zu helfen. Es zeigte sich, wie viel gemeinsame Liebe vermag, aber wir waren auch eine ganze Schar. Mit Marienka waren die beiden Krisch, der Tischler Prachar, der Herr Richter, unsere Tante, vier größere Mädchen und sechs Jungen gekommen, ebenso die beiden Krivosch. Method erwarteten einige Mitglieder aus dem Jugendverein. Wir teilten uns in unsere Pflichten. Marienka, Herr Krivosch und ich nahmen die ankommenden Sachen im neuen Haus in Empfang. Method und Ioschko beaufsichtigten im Pfarrhaus das Heraustragen und Aufladen der Möbel. Die Frau Pfarrer und die Tante übergaben den Mädchen das Geschirr und andere, in Körbe verpackte Geräte. Ich sah von dem ganzen Trubel nur wenig, denn ich richtete das Studierzimmer des Herrn Pfarrer ein. Dann ordnete ich mit Herrn Krivosch seine reiche Bibliothek. Die jungen Leute brachten die Kisten, Freund Prachar öffnete sie und Marienkas große Jungen reichten uns die Bücher an. Es dämmerte noch nicht, da stand und lag schon alles an Ort und Stelle. Durch die von Ioschko bekränzten Türen geleiteten die Leute von M. ihren Pfarrer in sein neues Heim, wo sie halb lachend, halb weinend von ihm Abschied nahmen, glücklicher darüber, dass sie ihn nicht verloren, sondern dass er auch weiterhin ihr väterlicher Berater bleiben würde, auch wenn sie nun einen neuen jugendlichen Führer hatten. Hier legte er den Arm seiner weinenden Gattin in den seinigen, und wie zwei alte, glückliche Kinder wanderten sie durch das Haus.

„Hier wirst du es aber schön haben, meine Alte, geradeso, wie ich es immer für dich und auch für mich gewünscht habe", rief der Herr Pfarrer.

Auch die Großmutter kargte nicht mit Lob- und Dankesbezeugungen.

„Wenn Sie etwas nicht nach Wunsch haben, dann bitte, sagen Sie es doch! Wir ändern es gerne", sagte Marienka.

„Nein, liebes Kind, ändern Sie nichts", sagte die Frau Pfarrer, indem sie ihr einen Kuß gab. „Ihnen merkt man es an, dass Sie Ihre Eltern liebgehabt haben. Darum wissen Sie auch, was alte Leute bedürfen. Es ist alles schön und gut, so wie es ist."

„Wer hat denn meinen Pfeifen diesen Ehrenplatz gegeben?"

„Ich, Großvater."

„Du, Stefko? Denkst du nicht, dass sie besser in die Rumpelkammer passen würden?"

„Vielleicht werden sie sich noch mal dort befinden, wenn der Herr das von Ihnen verlangt; vorläufig können sie noch hier sein."

„Du hast recht, Junge. Solch eine lebenslängliche Gewohnheit abzulegen, dazu muss Gott einem schwachen Menschen die Kraft geben. Ich habe sie noch nicht.“

So sind denn unsere Lieben in ihrem neuen Haus, und das Pfarrhaus steht wüst und leer da, nur das Amtszimmer ist noch halb und halb eingerichtet. Obwohl es ein Dach hat, sieht das Haus aus wie eine Ruine. Erst jetzt sieht man, wie viele gefährliche Risse und Sprünge eine drohende, unvermutete Einsturzgefahr bedeuten. Wir gingen noch einmal hinein, um zu sehen, ob man nichts vergessen hatte. Ich stand ein Weilchen da und schaute mich um. Man konnte durch alle Zimmer sehen, die Türen standen halb offen. Dämmerung blickte durch die gardinenlosen Fenster.

„Wie unheimlich ist es hier“, sprach ich unter dem Druck einer unerklärlichen Furcht. „Dieses von uns so geliebte Haus sieht aus wie ein verwesender Leichnam, der von weitem ruft: ‚Legt mich ins Grab!‘“

„Was sind das für Worte, Stefko, komm wieder fort von hier“, rief Method mir zu.

„Wundere dich nicht“, sagte ich, schon draußen stehend, „der Tod ist eben doch furchtbar. Als ich damals mit Martinko in jenem Bach ihm mit Blitzesschnelle entgegentrieb, habe ich mich nicht gefürchtet, und jetzt ... Ich weiß nicht, welch ein furchtbares Angstgefühl mich überkam, ich kann es weder erklären noch beschreiben. Es war, als stünde jener furchtbare Feind in der leeren Stube und strecke seine knöchernen Arme nach mir aus."

„Nach dir?" Er umarmte mich. „Weißt du denn nicht: ‚Der Tod ist verschlungen in den Sieg. Tod, wo ist dein Stachel?'"

„Ich weiß es, Method, dem Herrn sei Dank!"

Wir eilten, um uns von den Großeltern zu verabschieden, denn auf dem Hof hielt der Herr Richter mit seinem Leiterwagen, der wie für einen Ausflug mit drei Sitzreihen versehen war. Seine Schimmel scharrten schon ungeduldig. Wir nahmen Abschied und fuhren nach Hause. Marienka, die Tante, die beiden Krivosch, Method und ich. Letzterer stieg bei der Tante ab, um dringende Briefe zu schreiben, ich hingegen trug meine Erlebnisse ein. Nun bin ich fertig damit, aber ich will noch nicht schlafen gehen. Ich habe mein Fenster offen. Unten im alten Schulhaus sind die Fenster von Marienkas Wohnzimmer gleichfalls geöffnet, und durch die stille Abendluft dringen die Töne des Instruments und Ioschkos glockenhelle Stimme zu mir herüber. Sie üben anscheinend ein schönes neues Lied ein, ich muss zuhören.

Am Fensterbrett sitzend, lauschte ich. Die Wonne des stillen Maienabends, die sich mit der lieblichen Musik und Poesie vermählte, bannte aus meinem Herzen jenes mir bisher so unbekannte Gefühl der Bangigkeit, das mich zuvor überfallen hatte. O das Lied, das sich über Berg und Tal zum sternenübersäten Himmel emporschwang, war ja so wahr und beglückend:

Wenn ich verlasse diese Welt
und eil' ins lichte Himmelszelt,
wo goldner Harfen Jubelton
umrauscht des Lammes heil'gen Thron –
Gibt mir ein Engel eine Harf',
so dass ich auch mitspielen darf;
er lehret mich das neue Lied,
das durch die Ewigkeiten zieht.

Das Lied, das voller Jubel klingt,
in dem kein Seufzer mehr mitschwingt
von Leid und Reu und bittrer Qual:
vergib, vergib nur noch einmal!
O schönes Lied voll Seligkeit
und Überwinderherrlichkeit,
dürf't ich in dich bald stimmen ein
und ewig dort zu Hause sein!"

Auch meiner bemächtigte sich solche Sehnsucht, dass ich unwillkürlich auf die Knie sank und in innigem, stillem Gebet verharrte. Musik und Gesang waren schon lange verklungen. Als ich aufstand, war es im Schulhaus unten schon dunkel, so will ich auch zur Ruhe gehen. „Gute Nacht, meine Lieben, schlaft wohl!"

17

Drei besondere Erlebnisse, seitdem an jenem Donnerstag unsere Lieben übersiedelten, muss ich aufzeichnen.

Am Sonntag aßen wir bei Großmutter zu Mittag, denn sie hatte uns am Donnerstag eingeladen. Nach dem Essen führte sie uns durch ihr neues Heim und zeigte uns, wie schön sie schon alles eingerichtet hatte, besonders in Küche und Speisekammer hatte sie alles sehr bequem und praktisch zur Hand, so dass sie weniger Mühe hatte als im Pfarrhaus. Wir alle freuten uns mit ihr. Noch mehr freuten wir uns, dass Großvater und Großmutter versprachen, den Nachmittag bei uns zu verbringen. Sie hatten sich das Auto des Apothekers gemietet. Der Chauffeur, Janko Dubrava, ein Mitglied des Jugendvereins, freute sich sehr, bei dieser Gelegenheit einmal in unseren Kreis nach Dubova zu kommen. Auch die anderen jungen Leute wollten mit Method nach dem Nachmittagsgottesdienst herüberkommen. Großvater wollte sich bei den Leuten von Dubova für ihre freundliche Mithilfe beim Umzug bedanken. Alles ließ sich schön verwirklichen. Wir eilten nach dem Mittagessen nach Hause, sie kamen uns nach, erledigten zunächst ihre Besuche und kamen dann in unsere Sonntagsschule. Zu unserer großen Freude wirkte das Wort

Gottes, durch den Heiligen Geist belebt, so mächtig an den Kindern, dass wir endlich erkennen konnten, wie viel gefundene Schäflein der Herr Jesus unter unseren Schulkindern hatte. Noch ehe die Sonntagsschule beendet war, sammelte sich die Jugend unter Methods Führung, und das Werk des Herrn wurde in der schönen, lebendigen Versammlung, die nun folgte, fortgesetzt. Die Lieder erklangen begeistert, das Wort Gottes wurde ernst und verständnisvoll aufgenommen. Dazu gesellten sich die einfachen, aber aufrichtigen Zeugnisse. Eines war besonders wertvoll. Herr Krivosch teilte mit, erst unter tiefer Traurigkeit, dann mit sichtlicher Freude, wie ihn der Sohn Gottes, auf den er seine Hoffnung gesetzt hatte, aus den Banden der Trunksucht befreit habe, aber wie er ihm auch täglich helfe, über die Versuchung zu siegen und das Verlangen nach geistigen Getränken zu überwinden. Er erzählte, wie frisch und gesund er sich seit dem Osterfest fühle, und bat die Nachbarn, sich an ihm ein Beispiel zu nehmen, der durch seine Trunksucht sein ganzes Haus in Not und Unglück gestürzt habe. Das gab Method Gelegenheit, von den verschiedenen Abstinenzvereinen daheim und jenseits der Grenze zu berichten und die Frage aufzuwerfen, ob es nicht gut wäre, solch einen Verein zu gründen. Es kam wirklich zur Gründung eines solchen. Zu demselben gehören: die beiden Krivosch, Method und ich, Müller Krisch und seine Frau, die beiden Prachars, Tante Dubovska, Marienka und die Frau Richterin, drei junge Männer aus M., darunter der Chauffeur Janko. Es ist gut, dass Method diesen Verein schon jetzt ins Leben gerufen hat. Wenigstens kann er, wenn er mit seiner Gemeinde verheiratet ist, auf diesem Grund weiterarbeiten.

Während wir beide, Ioschko und ich, noch in der Sonntagsschule den Kindern die Bibelsprüche austeilten und die fürs Himmelfahrtsfest einzuübenden Gedichte abhörten, waren die Großeltern bei Marienka zu Besuch. Diese musste ihnen ihre und ihrer Eltern Geschichte erzählen, wobei sie Gelegenheit hatte, zu schildern, wie jenes geistliche Leben unter uns künftigen Lehrern damals seinen Anfang nahm. Großvater sagte mir dann, dass es ihnen bei Marienka sehr gefallen habe und dass er nur wünsche, dass dieses neue Leben, in der Schule Christi gelebt, alle Lehrer ergreifen möchte, denn das würde ein unschätzbarer Segen für unser Volk bedeuten. Allerdings, setzte er hinzu, „dürfte sich dieses neue Leben nicht nur auf die Lehrer beschränken, sondern müßte auf die Pfarrer übergreifen. Ihr würdet die Kinder und die Jugend für Christus und sein Reich erziehen, wir würden die Erwachsenen retten, die Väter und Mütter; das allein könnte unsere evangelische Kirche retten. Es würden wahrhaft christliche, evangelische Familien erstehen, in die Häuser würde wieder die Hausandacht einziehen. An Stelle von Zank und Streit würde die Liebe herrschen, auch das sündige Treiben in den Schenken würde aufhören, und der Wohlstand würde sich heben."

O wie wahr waren deine Worte, lieber Großvater! Es war ein schöner Sonntag, der letzte vor dem Himmelfahrtsfest; es ließe sich noch allerlei darüber schreiben, aber ich muss jetzt wirklich weitereilen.

Am Montag war ich schon am frühen Morgen draußen im Wald. Meine Seele sättigte sich an dem Reichtum des Wortes Gottes, der Geist schwang sich auf ins Reich der Poesie. Auf dem Heimweg war es mir, als fehlten mir nur die Flügel, so leicht und frei fühlte ich mich. Ich sehnte mich danach, Gott durch mein Lied zu preisen, und doch wagte ich nicht recht, diese feierliche Morgenstille zu unterbrechen. Plötzlich sah ich ein weißes Kleid durch das frische Grün schimmern. Rasch teilte ich das Gesträuch. Ach, welche Überraschung! Inmitten der blühenden Zweige saß Marienka; aber ich erschrak, denn das zarte Gesicht, das einer Apfelblüte glich, war so still. Über den Augen lag ein Flor des Schmerzes. Worüber trauerte sie? Nach dem gestrigen Tag? Mit welch lieblichem Lächeln hatte sie mir gestern abend die Hand gereicht: „Stefko, das war ein schöner Tag!" Ihre lieben Augen hatten geleuchtet – und heute? Ohne weiter zu überlegen, durchmaß ich den Raum und saß alsbald zu ihren Füßen. „Marienka, was fehlt dir?“, fragte ich bange.

„Du bist es, Stefko?“, sprach sie erfreut. „Kommst du von deinem Spaziergang?“

„Ja. Warst du auch schon draußen?“

„Ich kam nur bis hierher.“

„Aber du hast mir noch nicht gesagt, warum du traurig bist.“

Einen Moment stützte sie die Stirn in die Hand, dann richtete sie sich auf.

„Ich will es dir zur Warnung sagen, Stefko. Ich war an Steine und Dornen gewöhnt, mir ist dieses Paradies für mein inneres Leben nicht dienlich. Was mich hier so sehr beglückt, weiß ich selbst nicht. Ich weiß nur eines, dass ich noch niemals auf Erden so glücklich war.“

„Und darüber trauerst du?“, rief ich erschrocken aus.

„Ja, denn es scheint mir, als ob ich den Herrn nicht mehr so liebe wie früher, als er mit mir in Einsamkeit und Verlassenheit weilte. Hier habe ich so viele teure Menschen um mich her, von den Kindern angefangen, die mir so viel reine, verwandtschaftliche Liebe entgegenbringen. Erst seit ein paar Wochen bin ich wieder in meinen heimatlichen Bergen, und meine körperliche Schwäche ist wie verflogen. Ich habe Freunde, die mit mir musizieren, die mich verstehen, so dass ich vom Herzen zum Herzen sprechen kann. All dies Ungewohnte, Gute stellt sich wie eine Schranke zwischen mich und meinen dornengekrönten König."

„Das ist aber seltsam, Marienka", sagte ich besorgt, „wenn dich, die du im geistlichen Leben weiter fortgeschritten bist, solche Befürchtungen quälen; wie steht es dann mit mir? Ich nehme jeden neuen Sonnenstrahl, der auf meinen Lebensweg fällt, als eine kostbare Gabe Gottes, ich juble über jeden neuen Beweis seiner Liebe, obwohl ich weiß, dass ich derselben nicht wert bin. Und weshalb sollte ich nicht auch die Liebe der Menschen annehmen, wenn ich kühn genug bin, mich in den Strahlen der Gnade meines Herrn zu sonnen? Mich bringt dieses schöne Leben näher zu ihm, und dir sollte es zum Bösen dienen, dass wir alle dich lieben? Es ist doch nur deine Liebe, die sich in der unsrigen widerspiegelt. Erlaube mir, dir zu sagen, dass diese traurigen Gedanken nicht vom Herrn sind.

Es heißt ja, dass diese Erde ein Tränental sei. Wenn aber auf einer Seite der Erde die Sonne untergeht und auf der anderen leuchtet, so ist alles in Ordnung. Es kann nicht das ganze Jahr regnen, noch dunkel und trübe sein. Wenn heute solch ein schöner Maimorgen über uns leuchtet, können wir da den Druck einer Herbstnacht fühlen? Verlangt Gott so etwas Unnatürliches? Das glaube ich nicht. Ich denke, wenn wir den Mai schön und dankbar durchlebt haben, wenn wir in den Tagen des Gesangs gesungen haben, dann wird er uns auch helfen, den November zu seiner Ehre zu verleben. In leiblicher Beziehung sonnen sich die Menschen im Sommer, um Kraft für den Winter zu gewinnen. Gilt dieses Gesetz nicht auch fürs geistliche Leben? Siehst du, nun lächelst du. Aber du merkst, dass ich Recht habe. Wir wollen uns sonnen, solange die Sonne der Gottes- und Menschenliebe uns scheint, damit wir Licht genug in uns tragen, wenn die Abendschatten hereinbrechen. O Marienka, sei glücklich und beglücke und erfreue uns alle; niemand weiß, wie schnell die Zeit kommt, wo du wieder Tränen trocknen musst und der Herr Jesus deine einzige Trostquelle sein wird. Wenn ich ihn als die Quelle allen Trostes ansehen darf, warum sollte ich ihn nicht auch als die Quelle alles Glükkes und aller Freude ansehen dürfen? Wenn mich jedes Blümlein, das er zu seiner Ehre und Freude geschaffen hat, beglückt, warum sollte mich dann nicht jeder wiedergeborene Mensch erfreuen?"

Unter den blühenden Kiefern wurde es still, Marienka erhob sich und auch ich sprang auf. Wenn wir dereinst unter Friedenspalmen wandeln, werden wir so strahlende Angesichter schauen wie das ihrige.

„Hab Dank, Stefko. Ich will lieben und beglükken, ich will die Sonnenstrahlen der Freude aufnehmen, solange sie leuchten, um sie auszustrahlen, wenn die Dämmerung kommt, um treulich

Tränen trocknen und Schmerzen lindern zu können."

Wie zwei glückliche Kinder schritten wir dann ins Tal hinab. Als Marienka vor ihrem Schulhaus stand, zeigte sie auf das Fenster, wo Ioschko die Blumen begoss, und sagte mit hellem Lächeln: „Ich habe niemals einen Bruder gehabt, und siehe da, nun habe ich sogar zwei. Der eine hat mein trauriges Herz erquickt und der andere schützt meine Blumen vor dem Verwelken."

„Du hast drei Brüder, Marienka!"

„Drei?"

„Siehst du Method etwa nicht als Bruder an?"

„In Christus und im Volke wohl. Aber so wie euch beide nicht. Ihr seid jünger, er ist älter als ich, er wünscht mich nicht als Schwester."

„Method? Aber er ist doch geradeso einsam wie du, Marienka?"

„Das wohl, aber seine Einsamkeit ist noch kein Grund, dass er mich gerade zur Schwester haben wolle." Sie sprach so freundlich und überzeugt, aber mich befriedigte das nicht.

Wenn ich mit Method zusammentreffe, will ich ihn fragen, denn es scheint mir unmöglich, dass er ihre schwesterliche Liebe nicht wünscht. Daheim erwartete mich schon das Frühstück, und ich hatte mir guten Appetit dazu mitgebracht. Es geht doch nichts über solch einen Morgenspaziergang.

Gegen Abend ging ich nach M., nicht gerade,

weil ich dort zu tun hatte, aber ich sehnte mich nach Großmutter, und sie freute sich sehr über meinen Besuch. Sie war allein, denn Großvater war am Morgen zum Senior gefahren und noch nicht zurückgekehrt. Als ich Großmutter sagte, warum ich käme, rührte sie das sehr.

„Ich muss dir gestehen, Stefko, dass ich mich auch nach dir gesehnt habe. Gestern, als eure Kinder dort ihre Herzen dem Heiland übergaben, schämte ich mich wahrhaftig, dass ich alte Person, die ich von Kind auf die Heilige Schrift kenne, noch nichts von dem erfahren habe, was ihr das neue Leben nennt. Ich fühlte, dass diese kleinen Lämmchen das erfahren durften. Wäre ich dort mit Marienka allein gewesen, dann hätte ich sie gebeten, auch so mit mir zu beten wie mit jenen Kindern. Aber Großvater war auch da, das verschloss mir den Mund, auch dort in jener Gemeinschaftsstunde. Als ich aber dann schon im Bett lag und wie gewöhnlich aus dem ersten Schlummer erwachte, es mochte so gegen elf Uhr sein, da merke ich, dass mein Mann bei seinem Bett kniet und halblaut betet. Ein Weilchen später kniete ich neben ihm und bat ihn, doch auch mit mir zu beten, weil ich auch zu denen gehören wolle, die den Herrn Jesus angenommen haben. Ach, Stefko, wie hat er da mit mir gebetet! Es war gar nicht anders möglich, Gott öffnete auch mir den Mund. Ich sagte ihm, was ich fühlte, wie es mir ums Herz war, und ich nahm ihn auf. Ich weiß es gewiß, dass ich ihn aufgenommen habe, aber auch, dass er mich angenommen hat. Dann sprachen Großvater und ich noch lange miteinander und bekannten einer dem anderen, was wir mit Gedanken und Werken gegeneinander gefehlt hatten, und glaube mir, Sohn, wir haben uns noch nie so liebgehabt wie diese Nacht, obwohl wir doch stets gute, treue Eheleute gewesen sind. Für alles haben wir dem Herrn gedankt, besonders aber dafür, dass er dich nach Dubova gesandt hat, so dass durch dich nicht nur Method, sondern auch wir Alten aus jenem geistlichen Schlaf erweckt wurden. Bleibe nur, mein Sohn, dem Heiland auch weiterhin so treu wie bis heute, dass er noch viele durch dich zum Leben erwecken kann!“

Was ich bei diesen Worten der Großmutter fühlte, kann ich nicht beschreiben. Sie demütigten mich bis in den Staub.

Großmutter umarmte mich und sagte dabei: „Du, unser Sonnenkind, Gott lasse dich bis zu deinem Tod ein Sonnenstrahl sein, so dass du leuchtend einst in das Land des ewigen Lichtes eingehen mögest!“

„O Herr Jesu, erhöre, bitte, diesen Wunsch der alten Großmutter, und wenn du es ihr geschenkt hast, dass es um den Abend bei ihr licht wird, so setze sie zum Segen, solange du sie unter uns erhältst!“

Ich muss aufhören zu schreiben, denn ich habe Method versprochen, ihm entgegenzugehen; er konnte nicht früher kommen und wird heute zum letzen Mal bei mir übernachten.

* * *

Es ist Mittwochabend. Morgen machen wir unseren Ausflug. Möchte uns Hrabova zum Ölberg werden, dass wir den Himmelfahrtstag so zu den Füßen des Herrn Jesu verleben können wie seine Jünger damals.

Es ist zwar schon ziemlich spät, aber ich könnte ja doch nicht schlafen, wenn ich die letzten Eindrücke des heutigen Tages nicht zu Papier bringen dürfte, darum will ich noch schreiben. Method übernachtet bei der Tante. Als wir vorbeigingen, lud sie ihn ein. Sie meinte, wir bedürften beide der Ruhe, da wir morgen zeitig aufstehen müssen. Method sah das ein, und ich eilte allein nach Hause. Wir hatten wohl nicht mehr viel miteinander gesprochen, und es war uns vielleicht lieber, dass wir nicht beisammen bleiben mussten.

Werde ich jemals vergessen, wie wir durch diese wunderbare Mainacht über Berg und Tal nach Dubova gingen? Es war, als wären alle Nachtigallen des Tales zusammengekommen, um uns ihre Liebeslieder vorzusingen. Zum ersten Mal dachte ich daran, dass sie den Hymnus der Liebe sangen.

Mitunter war der Wald so still wie ein geheimnisvolles Märchen, dann erklang es: „Kuckuck! Kuckuck!“ und Eichhörnchen sprangen von Ast zu Ast. Von M. her kam eine Nachteule geflogen und jagte ihr ängstlich zwitscherndes Opfer vor sich her. Vöglein erwachten aus dem Schlaf, nur das Nachtigallenkonzert ließ sich durch nichts und niemanden stören und erfüllte den warmen Frühlingsabend. Am Himmel funkelten Myriaden von Sternen, der Mond übergoss die Erde mit seinem silbernen Licht.

„Warum sprichst du nichts, Stefko?“, fragte Method plötzlich, gewaltsam den Zauberbann abschüttelnd, der ihn umfangen hielt.

„Ich denke an den heutigen Morgen“, entgegnete ich unwillkürlich, und als er weiter fragte, beschrieb ich ihm getreulich die Begegnung mit Marienka im Wald.

„Nicht wahr, Method, die Vermutung unserer treuen Freundin, dass du ihre schwesterliche Liebe nicht wünschest, ist doch irrig?“, fragte ich eindringlich.

Der Schein des Vollmondes beleuchtete die schöne Gestalt meines Freundes und zeigte mir sein Gesicht, das plötzlich ein unerklärlicher Schatten bedeckte. Er runzelte die dichten Augenbrauen, die feingeschnittenen Lippen schlossen sich wie im Schmerz. Unsere Augen begegneten sich.

„Method, nicht wahr, sie irrt sich?“

„Nein, Stefko, Fräulein Lomnitzkas Vermutung ist ganz richtig. Sie kann mir nicht das sein, was sie euch ist, denn ich kann unmöglich ihr Bruder sein."

„Du kannst Marienka nicht ein Bruder sein?", fragte ich schmerzlich überrascht.

„Ich kann nicht", sprach er kopfschüttelnd. „Glaube mir, ich habe mich bemüht, aber es geht nicht."

„Warum nicht, Method?"

„Hörst du jene Nachtigall, Stefko?"

„Ich höre sie, aber bitte, weiche meiner Frage nicht aus!"

„Ich weiche ihr ja nicht aus." Methods Stimme klang so schön wie ein voller Akkord. „Dasselbe Lied klingt in meinem Herzen, denn ich liebe sie!"

Im Wald wurde es still. Auch die Nachtigallen machten eine Pause, es war, als wollten sie jenem Lied lauschen, das in den Saiten eines Menschenherzens erklang. Auch die schöne Mainacht um uns her war voll von dem Wort: „Ich liebe sie!" Ich fragte nicht weiter, wortlos gingen wir bis zum Haus der Tante, wo wir uns trennten. Method bedauert vielleicht, dass er mir Einblick in sein Herz gewährt hat, und ich war wie betäubt von diesem ungewöhnlichen Gefühl, das so schön und süß war wie diese Mainacht, aber für mich ebenso geheimnisvoll. Während ich dann allein meinem Schulhaus zuschritt, stahl sich mir die Gewißheit ins Herz, dass auch Marienka Method liebte. „Ich verstehe selbst nicht, was mich hier so beglückt", klang es mir aus dem Wald entgegen, „nur das eine weiß ich, dass ich auf Erden noch niemals so glücklich war!"

Nun habe ich das schöne, große Geheimnis zweier Menschen niedergeschrieben, die mir über alles teuer sind. Als ich ein Weilchen so dasaß, die Hände auf dem Tisch gefaltet, den Kopf darauf ruhend, zog an meinem geistigen Auge ein schönes Bild vorüber. Ich sah das schöne, neue Pfarrhaus von M. In der geöffneten Haustür stand Method und führte die zarte, lichte Gestalt hinein, der er nicht Bruder sein konnte, weil ihm ihre schwesterliche Liebe nicht genügte. Dort würde die Einsamkeit beider ihr Ende finden, ja dort. – Ich hörte für ein Weilchen auf zu schreiben, denn meine Gefühle überwältigten mich. „Gute Nacht, Marienka! Gute Nacht, Method! Schlaft wohl! Der Herr gebe euch all das, was mein Herz voraussehen durfte und was ich für euch erbeten habe. Wir bleiben ja in Ewigkeit verbunden, ihr und ich!"

18

Noch nie habe ich an einem schöneren Plätzchen gesessen als heute. Ein Felsblock, auf dem mein Notizbuch liegt, dient mir als Tisch. Die blaue Kuppel am mächtigen Himmelsdom der Natur wölbt sich über mir. „Ei, Wälder, ihr grünen Wälder", so kann ich auch singen. Wenn ich mich umwende, so blicke ich in ein von ihnen umrahmtes Tal, wo auf der Wiese ein kleines Feuer brennt. Ringsumher tanzen, gleich bunten Schmetterlingen, unsere Kinder. Auch die älteren Ausflügler bilden malerische Gruppen. Methods Wünsche haben sich schöner erfüllt, als wir gehofft hatten. Wir sind auf Hrabova. Blicke ich aber geradeaus, dann liegt ein anderes Tal vor mir, das von dem unseren durch Felsblöcke getrennt ist. Diese Blökke bilden einen Engpaß. Ich wollte erfahren, was sich hinter demselben verbirgt, und ging bis hierher, um die in dem Programm vorgesehene Freistunde zum Niederschreiben dessen zu benutzen, was ich heute bereits erlebt habe. Ich weiß, dass es mir nur hier gelingt, den Schmelz der Maienpoesie von meinen Schilderungen nicht abzustreifen. Nur hier, gegenüber diesen grünen Bergen, die sich wellenförmig übereinander erheben, wo dem Fels ein Quell entspringt, der sich als silberhelles Bächlein zu Tal schlängelt. Ringsumher blühen die Sträucher, aus denen der unvergleichbare Gesang der Nachtigallen zum Himmel emporsteigt. In meinem Herzen klingt das Echo wider:

Herr, dich will ich lieben, loben,
mich im Glauben dir verloben.
Du bist meines Herzens Freud',
hier und einst in Ewigkeit.

Aber jetzt zur Beschreibung unseres Ausflugs. Am frühen Morgen brachen wir von Dubova auf. Zwei maienbekränzte Leiterwagen fuhren das, was nicht gut oder überhaupt nicht marschieren konnte, meine Jüngsten und die Küche. Gern gehorchte ich den Bitten der Mütter und setzte mich zu der fröhlichen kleinen Schar. Meiner Aufsicht würde sie sich am ehesten fügen. Allerdings entging mir manche Schönheit der Fußwanderung, denn wir mussten ein Stück auf der Landstraße zurücklegen und kamen erst dann in den Wald. Die Fußwanderung führte durch nähere Waldwege, beides kann man eben nicht gleichzeitig haben. Aber auch wir erlebten heilig schöne Augenblicke, als wir unsere Lieder zu Gottes Ehre sangen und ich den Kindern erzählen durfte, wie es war, als der Herr Jesus seine Jünger zum letzen Mal auf den Ölberg führte. Wie er dann von ihnen fortging, von den Wolken getragen, und wie ihn die himmlischen Heerscharen anbetend empfingen, um ihn zum Thron

Gottes zu geleiten. Als er sich daraufgesetzt hatte, da huldigte ihm, als dem König Himmels und der Erden, der ganze Himmel, all die unzählbaren Bewohner dieses seligen Ortes. Es fiel den Kindern gar nicht ein, sich, wie die Mütter gefürchtet hatten, aus dem Wagen zu lehnen. Sie saßen so still da wie die Küchlein, nur Martinko stand neben mir, sein Händchen auf meine Schulter gestützt, und ließ kein Auge von mir, ja, er las mir die Worte von den Lippen ab, bevor ich sie aussprach. So gelangten wir glücklich in das kleine Tal, wo schon das Feuer brannte und ein herrliches Frühstück auf uns wartete.

Als wir alle gesättigt waren und mit Gebet und dem Gesang eines Morgenliedes die Tafel aufgehoben hatten, ging Method, um ein passendes Plätzchen für die Abhaltung des Gottesdienstes zu suchen. Wir fanden es bald genug auf einem erhöhten Felsen, der Method als Kanzel dienen konnte. Der Platz auf halber Höhe konnte uns Sänger aufnehmen.

Plötzlich faßte Method meine Hand und sprach bittend: „Das Geständnis, welches du mir gestern abgenötigt hast, bleibt unter uns beiden, nicht wahr?“

„Selbstverständlich, Method. Ich danke dir, dass du mich deines Vertrauens gewürdigt hast.“

Damit löste sich jene gewisse Spannung, und wir waren wieder die Alten. Marienkas Gegenwart stört uns nicht, denn sie ahnt ja nichts von unserem Geheimnis. Nun, da ihn nichts mehr hinderte, erklang Methods Predigt so, dass wir kein Auge von ihm lassen konnten. Er verkündigte den Herrn Jesus, wie ein Mensch nur von dem reden kann, der ihm wirklich teurer ist als Himmel und Erde. Ich fühlte, dass nicht nur in meinem, sondern auch in seinem Herzen die letzte Strophe des Liedes erklang:

Ja, ich will mit allen Trieben
dich, o reinste Liebe, lieben.
Nimm mich hin und lass mich sein
ewig, einzig, völlig dein.

O wie groß ist doch die Macht des Wortes! Unter dem Einfluß desselben erklangen unsere eingeübten Lieder so, als ob unsichtbare Chöre uns zu Hilfe kämen. Besonders das Lied meiner kleinen Lieblinge war wie von Engelstimmen gesungen. Von Fels zu Fels, von Berg zu Berg ertönte es:

Der Heiland kommt um seine Braut,
die gläubig harrend aufwärts schaut.
Der Hochzeitssaal ist bereitet gar fein
o sag, liebe Seele, wirst du auch dabeisein?

Passende Bibelstellen und Gedichte wurden mit großem Ernst und tiefer Empfindung aufgesagt. Marienkas Schilderung, wie es sein würde, wenn der Herr Jesus komme, um seine Braut heimzuholen, kann man mit einem alles erquickenden Frühlingsstrom vergleichen. Mit jedem Satz wuchs in den Herzen der Zuhörer die sehnsuchtsvolle Bitte: „Komm, Herr Jesus, komme bald!“ Auf das Gebet folgte als letzter Punkt des Programms mein Lied. Ich stand an den Felsblock gelehnt, der zuvor Method als Kanzel gedient hatte, und sagte, auf die in malerischen Gruppen ringsumher gelagerten Zuhörer blickend: „Ich will euch geben, was mir gegeben wurde, euch mit dem beglücken, was mich beglückt hat. Nehmt dieses Lied als Erinnerung an diesen gemeinsam verlebten, schönen Augenblick in euer Herz auf! Wir werden sicherlich nicht mehr viele solcher Stunden miteinander verleben, denn manche von uns stehen an der Grenze des Lebens. Ich will es nicht nur euch, sondern auch meinen geliebten Bergen singen.“

Einen Augenblick herrschte tiefes Schweigen, dann erklang, vom Echo weitergetragen, folgendes Lied:

Wir gehen nach Hause, nach jenen Höhen,
wo unverwelkliche Blumen erblühn,
wo linde Lüfte sanft uns umwehen
und wir vergessen der Erde Mühn.
:,: Horch, wie die Lebensbäume schon rauschen:
Wir gehen nach Hause, wir gehen nach Hause! :,:

Wir gehen nach Hause, dort über Sternen
thront unser Vater in Herrlichkeit.
Tief unter uns, in weiten Fernen
liegt nun die Erde voll Sünde und Leid.
:,: Horch, wie die Lebensbäume schon rauschen:
Wir gehen nach Hause, wir gehen nach Hause! :,:

Wir gehen nach Hause, wo unser König
schon uns mit offenen Armen empfängt.
Ach Erdenworte, sie sind viel zu wenig,
um zu verkünden, was Jesus uns schenkt.
:,: Horch, wie die Lebensbäume schon rauschen:
Wir gehen nach Hause, wir gehen nach Hause! :,:

Wir gehen nach Hause, die Pforten sind offen –
schon winkt Jerusalems Herrlichkeit.
All unser Wünschen ist weit übertroffen,
von dem, was er dort für uns hält bereit.
:,: Horch, wie die Lebensbäume schon rauschen:
Wir gehen nach Hause, wir gehen nach Hause! :,:

„Nach Hause!“, wiederholte das Echo, und aus dem Engpaß hallte es wider: „Nach Hause!“

Ich hatte gar nicht geahnt, dass mein Lied solch einen Eindruck hervorrufen würde. Es war für diese Umgebung, für diese Stunde und diese Zuhörer wie geschaffen. Als ich den Felsen herabstieg, ging ich von einer Umarmung in die andere. Männer und Frauen drückten mir die Hand, Marienka reichte mir unter Tränen beide Hände und Ioschko sagte: „Du hast dafür gesorgt, Stefko, dass wir diese Stunde niemals vergessen werden!" Zuletzt umarmten mich die Großeltern, die Janko Dubrava soeben herbeigefahren hatte, als ich den Felsen bestieg. Das Auto hatte, hinter den Felsen verborgen, angehalten. Dort hatten sie mit dem Herrn Doktor dem Lied gelauscht. Wir hatten unser Programm bis 1 Uhr hingezogen. Sie hatten den Gottesdienst in M. um 12 Uhr beendet, so dass sie jetzt unter uns sein konnten. Nach dem Mittagessen, bei dem trotz fröhlicher Stimmung die tief ernsten Eindrücke der Feier am Vormittag zu erkennen waren, bat der Herr Pfarrer, dass ihm die Kinder noch einmal ihre Lieder und Gedichte vortrügen, wozu sie gerne bereit waren. Ich aber bat, mich freizugeben, damit ich unser Verweilen mit dem Herrn auf dem Ölberg in mein Tagebuch eintragen könne. Auch meine Bitte wurde freundlich erfüllt. Method und Ioschko, die mich ein Stückchen begleiteten, rieten mir, mich mit dem Schreiben nicht zu überanstrengen. Sie wollten mich inzwischen bei den Kindern vertreten und mich später abholen. Ich tat, wie sie gesagt hatten, und nun muss ich dem Herrn Doktor gehorchen. Dieser hielt nämlich meine Hand fest und sagte bei der Begrüßung in strafendem Ton: „Sie haben gewiß kein Tröpflein Blut am richtigen Platz, denn Sie muten sich viel zu viel zu. Ihr Lied und Ihr Vortrag waren meisterhaft und unvergesslich, aber es hat Sie zu viel gekostet. Sie überanstrengen sich! Merken Sie sich: Wer zu schnell lebt, ist schnell fertig!"

„Nach dem Mittagessen will ich in die Stille gehen und mich ausruhen", versprach ich ihm.

„Aber im Ernst! Sie haben in der Nacht sicher wenig geschlafen und sind zeitig aufgestanden. Sie sind müde!"

Der Herr Doktor hat Recht, ich sehne mich sehr nach Ruhe. Ich will meinen Mantel auf diese Mooskissen breiten und einen tiefen Schlaf tun.

Ich habe wirklich so sanft geschlafen, aber nur etwa ein Viertelstündchen. Ich sollte schon hinuntergehen, denn die glockenhellen Stimmen meiner Kinder locken so mächtig, aber ich möchte zuvor noch ein wenig meine geliebten Berge betrachten. Und dann möchte ich noch meine Eintragungen irgendwie schon abschließen. Die Kameraden haben ja versprochen, mich abzuholen. Ich weiß nicht, ob ich je wieder an dieses schöne Plätzchen gelange, denn es ist weit von Dubova. Wie gut, dass ich mit den Kleinen gefahren bin, denn ich bin heute noch gar nicht viel gegangen und fühle mich doch schon so müde. Zu Fuß nach Hrabova zu gehen, wäre mir am Ende gar nicht möglich gewesen. Der Herr Doktor hat doch Recht, dass ich ein schwacher Held bin. Vielleicht kommt es daher, dass diese Nacht wie ein Alpdruck auf mir lag. – Nach Mitternacht erwachte ich unter diesem Druck, ganz in Schweiß gebadet, und das dauerte bis nach 2 Uhr. Seit meiner Krankheit ist es schon das vierte Mal, dass sich dieses unangenehme Gefühl bei mir einstellt; aber so stark und anhaltend wie heute war es noch nie. Wie gut, dass es schon Mai ist! Es dauert keine zwei Monate mehr, dann kommen die Ferien und unsere gemeinsame Tagung, meine teuren Kameraden! Ach, da fällt mir etwas ein: Vielleicht könnte sie in meinem Elternhaus stattfinden. Mein teurer Vater und Mama werden uns gerne für diese Zeit aufnehmen, wenn ich sie darum bitte. Ich will Method auffordern, uns eine Bibelwoche zu halten. Mit Großvaters Hilfe wird er vielleicht abkommen können – o das wird schön! Nachdem wir uns in der liebevollen Atmosphäre meines Elternhauses gut ausgeruht haben, machen wir eine Wallfahrt zu den schönsten Punkten der Slowakei. Mancher meiner Kollegen hat seit dem Umsturz eine Ferienreise ins Ausland gemacht. Es ist sicher gut, den Gesichtskreis auf diese Weise zu erweitern. Aber wir wollen doch zuvor die Schönheiten unserer Heimat kennenlernen. Wie ich so rings um mich blicke, ist es mir, als könnte ich in der ganzen Welt keine größere Schönheit finden als die, die mir hier zu Füßen liegt. Und wenn dem auch so wäre – Heimat, ich bleibe dir treu! Das Lied hat Recht:

Wie schön bist du, mein Vaterland,
wo meiner Väter Wiege stand!
Wie schön seid ihr, ihr grünen Höhn,
die mancher Dichter gern gesehn.

Ich liebe dich sehr, mein Heimatland – dennoch stimme ich gern dem letzten Vers des Liedes bei:

All diese Schönheit schaut mein Blick,
und doch gibt's hier für mich kein Glück.
Ein Seufzer nur durchzieht mein Herz:
Ich möchte heim, nur himmelwärts!

Aber darf ich so etwas sagen – ich, dem durch Gottes Gnade hier auf Erden soviel Gutes zuteil geworden ist? Ich habe gute Eltern, liebe Geschwister, treue Kameraden und Kameradinnen, eine schöne Lebensaufgabe, die meine kleinen Lieblinge einschließt und mir die Möglichkeit gewährt, zugleich dem Herrn in seinem Reich zu dienen. Ich kann und will nicht undankbar sein – und so danke ich dir, mein Herr, für mein zeitliches Leben mit all dem Schönen und Guten, das es mir bisher gebracht hat, noch mehr aber für das ewige Leben, das ich in mir und um mich her fühle. Mein Gott, lass diese lichten Wellen der Ewigkeit, die mich umgeben, auch über alle meine Lieben kommen, lass sie sie aus dieser Zeit in die Ewigkeit tragen! Nimm mich jetzt an dein Herz, lass mich an demselben ausruhen, bevor sie mich abholen! O hört, hört, meine Kameraden, wie die Lebensbäume schon rauschen! „... *wir gehen nach Hause – wir gehen nach Hause!*“

19

Wir wollten dich abholen, mein Kamerad, weil du so lange nicht zurückkehrtest, und fanden dich dort auf dem Felsen des Engpasses, auf moosigen Kissen ruhend, den zusammengewickelten Mantel unter dem Kopf, das Notizbuch mit der Füllfeder an die Brust gedrückt. Du schliefst so sanft, so süß, die Nachtigallen im Tal sangen dir ein Wiegenlied. Die Kiefern rauschten zu deinen Häupten, und es war, als ob sie dein letztes: „Wir gehn nach Hause, wir gehn nach Hause!“ wiederholten. Ach, du bist wirklich dahingegangen, mein lieber, teurer Kamerad! Jene leuchtenden Wellen der Ewigkeit haben dich von Licht zu Licht, von Schönheit zu Schönheit, von Liebe zu Liebe getragen!

Als sich der Herr Doktor, der mit uns gekommen und als erster neben dir niedergekniet war, wieder aufrichtete, entgegnete er auf Ioschkos besorgte Frage: „Er ist wohl ohnmächtig und die Brust bewegt sich nicht?“ – und auf Methods Ausruf: „Herr Doktor, was ist mit Stefko?“

„Was ich seit seiner Krankheit immer befürchtet habe. Er ist erloschen – das Herz hat den Dienst versagt! Der einzige Trost, der uns geblieben ist, ist der Ausdruck seines Gesichts. Er zeugt davon, dass er kampf- und schmerzlos eingeschlafen ist. Er hat zu stark gefühlt, zu sehr geliebt. Ich wusste, dass er nicht lange leben könne, aber dass er so rasch fortgehen würde, habe ich nicht gedacht. Also bist du schon daheim, schon im Paradies!"

Dem Herrn Doktor standen die Tränen in den Augen, und wir weinten mit ihm, nicht über unseren guten Kameraden, sondern nach ihm. Den allgemeinen Schmerz zu beschreiben, der in dem stillen Tal ausbrach, als die von Ioschko herbeigerufenen Männer auf einer rasch improvisierten Tragbahre den Leichnam meines Kameraden herbeibrachten und auf den maiengeschmückten Wagen luden, dazu ist meine Feder nicht imstande. Von den Großeltern angefangen bis zu den kleinsten Kindern weinte alles. Method faßte sich zuerst. Er verschloß seinen tiefen Schmerz im Herzen und beherrschte die Situation mit den Worten: „Wir wollen beten." In der heiligen Stille, die nun eintrat, brachte er dem Herrn über Leben und Tod Dank dafür dar, dass er das, was sein war, unseren geliebten Kameraden, zu sich genommen habe, dorthin, wo ewiges Licht die Seele umfängt. Er dankte bewegt, dass der heilige Gott für kurze Zeit dieses Sonnenkind unter uns gesandt habe, damit es uns auf den Weg des Heils leuchte. Nachdem er ausgerichtet, was er in seinem wunderbaren Rat beschlossen, habe er ihn zu sich ins Paradies genommen. Dann betete er innig für den lieben Vater und die ganze Familie unseres Kameraden, dass Gott ihnen helfen möge, diesen jähen Verlust zu ertragen. Unter dem Einfluß dieses machtvollen Gebetes legte sich der wilde Schmerz; sie hörten auf, an sich selbst zu denken, die Seelen eilten ihm nach, himmelwärts. Die meinige pries den Herrn dafür, dass er ihn so sanft und schmerzlos heimgetragen hatte. Unter dem Gesang des Liedes *„Jesus lebt, mit ihm auch ich"* zogen wir vor und hinter dem Wagen her, vom Berg ins Tal hinab. Die Großeltern eilten nach M., um den Eltern zu telegraphieren. Diejenigen, die auf dem Fußweg nach Dubova hinabeilten, um alle Vorbereitungen zu treffen, verständigten die Daheimgebliebenen, so dass ganz Dubova uns weinend entgegenkam. Ach, nun war die Zeit da, Tränen zu trocknen, wie er mir vorausgesagt hatte, ohne zu ahnen, dass sie um ihn fließen würden – und die einzige Quelle des Trostes für uns alle war der Herr Jesus allein. Noch einmal gingen die Wellen des Schmerzes hoch, als um den weißen, blumengeschmückten Sarg her, in dem dieser reine junge Mann gleich einer vorzeitig gebrochenen Blume ruhte, die Eltern und Geschwister des Verstorbenen trauerten. Oh, wer hätte nicht mit ihnen geweint, wer hätte ihren Verlust nicht mitempfunden!

Der Vater war gekommen, um sein Sonnenkind heimzuholen, und wir gaben es ihm mit schwerem Herzen zurück.

Da der Herr Doktor so gerne wissen wollte, ob uns ein Geständnis in seinem Tagebuch vielleicht verraten würde, wann die Katastrophe eingetreten sei und ob unser lieber Bruder sie geahnt oder gefühlt hatte, durfte ich der betrübten Familie die letzten Gedanken ihres Lieblings vorlesen. Wir erfahren daraus, dass er mit einem Gebet für sie und für uns eingeschlafen war, dass da kein Schatten, keine trübe Ahnung, keine Angst Raum gehabt hatte, außer jener Bemerkung über die böse Nacht und über jene seltsame Angst dort im alten Pfarrhaus. Dort, ach dort war der kurze, schmerzliche Kampf mit der Todesangst ausgetragen worden. In jenem paradiesisch schönen Engpaß an der Grenze zwischen Leben und Tod war er nicht mehr gewesen, o nein! Da war Licht, lauter Licht. Was die junge Seele fühlte, als die Hand die Worte niederschrieb: „Kameraden, wir gehen nach Hause", das werden wir erst dort, zu Hause, erfahren. Dass ihn aber das Ende nicht überfallen hatte wie der Dieb in der Nacht, das ersahen wir daraus, dass er sich noch schön und friedlich hingelegt, die Feder ins Notizbüchlein gesteckt und dieses an die Brust gedrückt hatte. Die andere Hand hatte er unter die Wange gelegt, dann hatte er die großen, lieben, leuchtenden Augen geschlossen und war mit einem Lächeln auf den Lippen eingeschlafen. Es war, wie der Herr Doktor sagte: „Er war erloschen, wie wenn der Wind eine Kerze auslöscht ..." Die letzten Gedanken, welche hinter dieser reinen, von hellbraunem Kraushaar umgebenen Stirn kreisten, waren Dank, Liebe und Fürbitte gewesen. Diese Wahrheit wirkte so mächtig auf den betrübten Vater und auf uns alle, dass unsere Trauer sich in heilige Freude verwandelte: Freude über dieses lichte Ende eines jungen, zur Herrlichkeit eingehenden Lebens. Nun bist du daheim, mein lieber Kamerad. Nach der rührenden Trauerfeier in Dubova haben dich die Deinen in die Heimat überführt und neben der geliebten Mutter zur Ruhe gebettet. Nun hast du nicht nur deinen geliebten Herrn, sondern auch sie, die schmerzlich Vermißte, dort bei ihm gesehen.

Mir hat man die schöne Aufgabe anvertraut, deine Eintragungen zusammenzustellen und zu ergänzen. Sie sind der Spiegel deiner Seele, die zu schnell ausgereift war und deshalb die irdische Hülle brechen musste, um in die Heimat des Lichtes zu eilen.

Als ich für kurze Zeit allein an deinem Sarg stand, bevor der Deckel dich für immer unseren Augen entzog, küsste ich die fleißige Hand, die so vielen wohlgetan und die mir, ohne es zu wollen, das Geheimnis des Freundes verraten und dadurch meine eigenen, unverstandenen Herzensregungen enthüllt hat. Ich weiß, dass du, mein Kamerad, wenn du, wie beabsichtigt, diese Eintragungen für unseren Kreis überschrieben hattest, diese wenigen Sätze bestimmt ausgelassen hättest. Darum ließ ich sie auch nur in deinem Notizbuch stehen, denn sie sind nur mein Schatz. Dein Tagebuch habe ich sowohl für deinen Vater, als auch für den Freundeskreis von P. bis zu deinem Begräbnis abgeschrieben. Das Original im Notizbuch ist mir geblieben, und ich füge noch einige erklärende Ergänzungen hinzu.

* * *

Unser Stefko ruht schon aus und wir müssen ohne ihn weiterleben. Ioschko und ich haben uns in seine verwaiste Kinderschar geteilt und mit des Herrn Hilfe das erste Schuljahr beendet. Die Erinnerung an den Herrn Lehrer, der schon im Himmel ist, half uns sehr bei Kindern und Eltern. Dann kamen die Ferien und in diesen gingen alle Wünsche Stefkos in Erfüllung. Das Zusammentreffen der Kameraden von P. in Stefkos schönem, liebevollen Elternhaus wurde uns zuteil. Viel, viel Liebe durften wir dort erfahren. Auf eine Woche stillen Ausruhens folgte eine sehr wertvolle Bibelwoche. An Leib und Seele gestärkt, verließen wir Stephans gastliches Elternhaus, um die schöne Slowakei zu durchwandern. Besonders gedachten wir der traulichen Dämmerstunden, da wir, um das blumengeschmückte Grab her sitzend, uns gegenseitig unsere Tagebücher vorgelesen hatten, in denen wir beschrieben, wie uns der Herr in dem ersten Jahr geführt hatte, als das Leben begann. Viel Schönes und Wertvolles war darinnen enthalten, aber am schönsten waren doch die Eintragungen, denen wir den Titel: „Ein Sonnenkind“ gegeben haben. Method meint, ihr größter Wert liege darin, dass sie eine Illustration der Wahrheit seien, was Gott aus einem Menschen machen kann, der die zwei Grundbedingungen zu einem gesegneten Leben, Glaube und Gehorsam, täglich verwirklicht.

Was du im Blick auf die Wahrheiten Gottes geglaubt hast, mein Freund, das darfst du schon schauen, und auch das, was du im Blick auf uns geglaubt hast, wird sich erfüllen.

Sobald das Pfarrhaus von M. gebaut ist, wird Method die Gefährtin heimführen, die er von Tag zu Tag immer mehr liebt, und die ihm diese große, schöne Liebe dankbar und innig vergilt. Dort wird, wie du geschrieben hast, die Einsamkeit der beiden ein Ende finden. Im wahren Sinne des Wortes ist sie schon heute vorbei, denn Großvater und Großmutter haben uns an deiner Statt ins Herz geschlossen. In ihrem Haus dürfen wir uns erwärmen, aber auch sie erwärmen und erfreuen. In Stephans Heimat hat Method einen guten Vater, ich habe dort auch eine gute Mutter und liebe Geschwister gefunden. Die Liebe zu dem Verklärten und besonders der gemeinsam getragene Verlust, ebenso die gemeinsame Mitarbeit am Reich Gottes, hat unsere Herzen sehr innig verbunden und jene Einmütigkeit gewirkt, welche die ersten Christen so sehr beglückte, dass sie ein Herz und eine Seele waren.

„Method werden Martinys verheiraten", sagte Großvater, „aber Marienka werden wir die Hochzeit ausrichten."

Milenka Martiny hat der Tod ihres Bruders nicht nur geholfen, jene Blutgrenze zu überschreiten, er hat sie zur Arbeit für den Herrn erweckt. Sie hat ihren Vater gebeten, ins Lehrerinnenseminar eintreten zu dürfen, um so die Lücke auszufüllen, die durch Stefkos Heimgang in den Reihen der Kameraden von P. entstanden ist. Martinys werden bald einer nach dem anderen am Ufer des Heils stehen, jene feurige Woge der Ewigkeit wird sie hinübertragen, so wie sie dich, mein teurer Freund, dorthin getragen hat, von wo du uns zurufen darfst:

Hört es, bei jenem goldenen Thron
darf meine Seele weilen schon.
Dort winken Palmen,
dort tönen Psalmen
zu seiner Ehr!

Marienka.